好故事，一擊入魂！

八百擊

好故事，一擊入魂！

八百擊

左道書

神功案

戚建邦 著

神功案

目錄

第一章　盜寒丹

無道仙寨奇門街，乃是一條沿著突岩山壁而建的街道。山壁那面，每隔數丈，便有一座洞府大門，許多道行深淺不一的「修道大仙」，在此開門做生意。洞壁對面，尚有一排房舍，乃是眾大仙販售方士雜貨的店面；紙錢符咒、八卦羅盤、風水法器、硝石丹爐……所有宗教祭祀用品，皆有販售。時値深夜，店鋪皆已打烊，奇門街上只剩洞府外的燈籠、火把、火盆照明，街道上空無一人。

路旁一間丹爐店的屋脊上，坐著一名女子，紅衫翩翩，隨風飄擺，月光下宛如仙女下凡。女子提起身旁的酒壺，仰頭暢飲美酒，再緩緩放下，對月輕嘆。一名男子自其身後爬上屋頂，伏在屋脊之後，對女子說道：「冰姊，少喝點，莫喝醉了。」

那女子名叫血如冰，經營掮客居，乃無道仙寨知名的掮客，仙寨美女榜上有名的人物。她語氣哀怨，幽幽說道：「『所謂伊人，在水一方。』我顧影自憐，喝點小酒，你也要來管我？」

男子名叫曹諫，是掮客居的伙計。他自屋脊後微微探頭，打量奇門街道，留意對街「炎涼洞」外有無異狀。他說：「今晚未必寧靜。可別誤事了。」

「我理會得。」血如冰右手一探，貼上男子腦門，將他壓回屋脊之後。「我在這裡扮憂鬱呢！你別出來惹人心煩。趴著說說，今日有何消息？」

曹諫翻身躺倒，面對滿天星斗，說道：「今日寨外傳來大消息。梁王在滑州白馬驛殺了朝中大臣三十餘人，包括左右僕射、吏部尚書、工部尚書、兵部侍郎等，盡遭屠戮。屍體投入黃河，說他們是『衣冠清流』，應當丟到黃河裡變濁流什麼的。」

血如冰吃了一驚，深吸口氣道：「朱全忠終於動手了。」

曹諫問：「冰姊料到他會這樣幹？」

血如冰點頭：「他前幾年殺光宦官，去年設九王宴殺光李氏親王。誰都知道他遲早會把主意打到文武百官身上。」

曹諫搖頭：「他如此明目張膽，難道不怕日後沒人敢做官嗎？」

血如冰無奈一笑：「誰知道那些大老爺在想什麼呢？咱們窩在無道仙寨，圖的就是自由自在，不必去管外界閒事，梁王什麼的，等他們欺到我們頭上來再說。」

曹諫皺眉：「如今皇上已成梁王傀儡，說不定過兩天就被謀朝篡位。到時候，誰知道他會不會來找我們麻煩？」

血如冰倒不擔心：「梁王勢力雖大，卻也剷除不了天下節度使。他若篡位登基，各地節度使都會自立為王。到時候天下大亂，他哪有空來理我們？就算真打來了，仙寨還有黃皓撐著。我們又不是寨主，那種事情輪不到我們管的。」她拍拍酒壺，又想喝酒。發現曹諫瞪她，只好無奈放手。她說：「那你去查的事呢？盯上炎涼洞的究竟是些什麼人？他們要盜的又是什麼貨？」

血如冰受炎涼洞折腰眞人所託，負責守護炎涼洞丹房中新近煉製的一批丹藥。折腰眞人不肯吐露那是什麼神奇丹藥，只說有厲害對頭盯上此藥，三日內定會前來偷盜。血如冰不熟方士煉丹之術，雖然進了煉丹房布置機關，房中諸多煉丹材料只認得丹砂一味，還是因爲顏色好認。

曹諫說：「我用一串糖葫蘆買通了煉丹藥童。根據藥童所言，折腰眞人煉製的新丹藥喚作『大寒丹』，煉出來後可是連碰都不給碰一下的。聽說那大寒丹的煉製配方，是折腰眞人花大錢買來的。從來沒煉過，藥童也不知有何功效。」

血如冰皺眉道：「奇門街眾洞府一般都在煉製長生不老金丹；那種騙人的玩意兒，是願者上鉤，也不關咱們的事，但當他們煉起奇特丹藥，通常就是要興風作浪了。你有查到他們的對頭是誰嗎？」

「厲害了。」曹諫嘖嘖兩聲，說道：「據說大寒丹的配方十分搶手，當初在火焰山寒冰洞標售時，奇門街七大洞府的大仙都去標啦！」

血如冰忍不住問：「什麼山？什麼洞？是不是瞎掰的呀？」

曹諫揮手道：「冰姊別打岔。總之呀，最後折腰眞人花了黃金三百兩買下這個配方。妳說厲不厲害？」

血如冰咋舌：「太貴了吧？」

曹諫點頭：「是呀。妳問誰會想盜？只怕當初有去標配方的方士都有可能。萬一是奇門街的同行盜藥，不會直接從天罡地煞洞盜嗎？」

奇門街眾洞府的後門，都通往同一個挖空的大山洞，是爲天罡地煞洞，據說只有精通奇門遁甲之術的人才進得去。普通人倘若誤入，便會在裡面迷路，怎麼走也走不出來。血如冰想了想，緩緩搖頭：「同行盜藥，過於明顯，又不容易把丹藥運出去。是我的話，定會雇用外人，走外洞進去。況且雇主自己說了，咱們只要負責外門。天罡地煞洞的問題，他們自己解決。」

街上突然傳來動靜。血如冰揮手要曹諫噤聲，自己偏過頭去，斜眼打量街道。只見那炎涼洞的紅漆大門被推開了條縫，一名道童探頭出來，左顧右盼；見四下無人，便朝血如冰招手。血如冰微微皺眉，翻身下屋過街，來到道童面前。道童神色慌張，嘴唇顫抖，低聲道：「血姑娘，師父請妳進去。」

血如冰揮揮手，曹諫也跟了上來。兩人一同入洞。道童隨即關上洞門。

炎涼洞在奇門街算大洞府，折腰眞人生意興隆，不然也出不起三百兩黃金去買丹藥配方。炎涼洞進門後是外洞，小橋流水，雅緻玲瓏，給人神清氣爽、不落俗套之感。折腰眞人平日彈琴對弈、閒聊清談，便是在此。內洞分隔成數洞，供開堂授課、生活起居、煉丹製藥之用。血如冰入內洞，過授課教室「風雅堂」，來到煉丹房「煮鼎閣」，只見折腰眞人滿頭大汗，面如死灰，瞪大眼睛盯著洞窟中央的鐵籠機關瞧。

那鐵籠機關是血如冰央今年才來無道仙寨開分堂的天工門所裝設。機關運作時，只要擺放煉好丹藥的藥櫃無端開啓，鐵籠便會無聲落下，擒獲盜藥之人。這機關十分精巧，構造複雜，本來要施工數日才能裝妥。天工門無道分堂堂主對血如冰情有獨鍾，見是她來委託，一日之內便裝設完成。

血如冰見鐵籠機關抓到了賊，心下大喜，但見折腰眞人模樣古怪，又感事有蹊蹺。她來到折腰眞人身旁，見鐵籠中躺了個人，瞧打扮竟似炎涼洞中的小道童。那道童側躺在地，毫不動彈，膚色雪白，好似蒙上冰霜；兩眼充血，圓睜無神，顯已死去。

血如冰深吸口氣，問道：「賊人假扮道童盜藥？」

折腰眞人聽她言語，回過神來，搖頭道：「他是我……是本山人的六弟子懷月……懷月呀！你怎麼……唉！」

血如冰轉頭看他，問道：「眞人沒有告知弟子晚上不可進入煉丹房嗎？」

折腰眞人愣愣道：「我說啦……我……我也不知道他爲何不聽話呀！」

血如冰及曹諫一同蹲下，打量籠中屍首。血如冰問：「這鐵籠只能監禁盜賊，懷月為何暴斃其中？」

曹諫則說：「我說他怎麼這死法？我看了心裡發毛呀。」說著，伸手要碰屍體。血如冰出手攔他，折腰眞人也同時大叫：「不可！」

血如冰對曹諫道：「死法奇特，不要亂碰。」接著轉頭望向折腰眞人，疑心問：「眞人如此反應，可是知道懷月死因？」

折腰眞人神情苦澀，緩緩點頭道：「他是來偷……」突然住口，思索片刻，改口道：「這是咱們炎涼洞融合內丹仙法的絕世武功，叫作炎涼神掌。此掌神妙，中者化冰。倘若功力散盡之前又有他人觸碰，只怕有害無利。本山人抓到懷月深夜盜藥，一時激動，出手擊斃了他。這是師門不幸，還盼血姑娘不要聲張。」

血如冰與曹諫對看一眼，點頭說道：「眞人痛失愛徒，還請節哀順變。」她偷瞄死者雙手，見其右掌掌心結霜甚厚，寒氣冉冉，顯是全身極寒之處。她問：「此等師門隱私，外人得知，諸多不便，敢問眞人，為何特地找我進來？」

「我……我……」折腰眞人臉上肌肉抽動，似乎激動不已。他說：「我手刃愛徒，心慌意亂。找血姑娘進來，參……參詳計較。姑娘，咱們炎涼洞可沒死過人。這事如何處置，請血姑娘代本山人拿個主意。」

血如冰忍不住道：「眞人一掌把人打成冰柱，簡直天下無敵。如此神功，竟沒打死過人，定性甚佳，可眞不簡單。」

折腰眞人奮力擠出笑容：「修道之人，慈悲爲懷。即便深懷絕世武功，也絕不敢輕易殺生。」

「眞人慈悲爲懷，如冰好生敬佩。」血如冰走到丹爐旁的牆邊，推開暗櫃，拉下手把。一陣機關轉動，鐵籠緩緩捲回洞頂；巨石移動，暗門開啓，將鐵籠收納其中。這景象，於今日午後裝設機關時，血如冰已見識過一回。此刻再度見到，心中依然讚嘆。她回到屍首身前，低頭凝望，又問：「道長與懷月可親？」

折腰眞人哽咽一聲，嘆道：「本山人對諸弟子一視同仁，並無親疏之別。」

血如冰點頭：「眞人不願聲張此事？」

折腰眞人搖頭：「我失手殺害弟子，有損炎涼洞聲望。這等情事，還是不要聲張得好。」

血如冰出主意：「那便去後山亂葬谷挖個洞埋了？」

折腰眞人沉默片刻，深吐口氣，說道：「有勞血姑娘代爲處置。此後，炎涼洞請姑娘辦的事，便算辦完了。」

血如冰揚眉：「不抓賊了？」

折腰眞人道：「有鐵籠機關在此，不怕那些毛賊。」他自懷裡取出一只錢袋，遞給血如冰。血如冰把錢袋交給曹諫點數，請道童去拿床棉被出來包裹屍首，再去對面店鋪推了輛推車，加上鍬鏟等工具。道童下去張羅，曹諫上前說道：「冰姊，數目沒錯。」

血如冰朝折腰眞人抱拳道：「銀貨兩訖。合作愉快。日後請多關照，告辭。」

折腰眞人拱手鞠躬：「有勞血姑娘。」說完，離開煉丹房。

第二章　亂葬谷

血如冰同曹諫合力以棉被裹起屍首，搬上推車。曹諫心下犯懶，說道：「我聽說奇門街不少洞府都有煉製『溶屍水』、『化屍粉』之類毀屍滅跡的居家良藥，折腰眞人既然不願聲張此事，何不直接化了他？」然後轉向幫忙的小道童問：「炎涼洞有溶屍水嗎？」

道童面有難色，說：「有是有。師父不讓我們碰。」

血如冰說：「懷月是眞人的愛徒，怎麼好隨便溶掉？一定要推去亂葬谷。」

曹諫抱怨：「說得輕鬆。推都我在推呀。推山路很累呀。」

「當然是你推，難道我推嗎？」血如冰說完，向道童要了個燈籠，推開炎涼洞洞門，在前領路，左轉朝後山走去。

欲峰山後山深處有座無名岩台，打從無道仙寨立寨以來，便是炙手可熱的棄屍場所。大家心知肚明，從不說破，也沒人去管遭棄的屍體是些什麼人。總之，無道仙寨無法無天，「一入仙寨，後果自負」；你沒本事離開，就只說明你沒本事離開，怪不了任何人。

十五年前，仙寨中爲了爭奪誰當家，掀起派系鬥爭，死了很多人。棄屍岩台下的山谷積屍過多，臭氣燻天，甚至引發瘟疫，鬧了好幾個月才平息。之後，各派系共同立下規矩，劃岩台下山谷爲亂葬谷，任何人不得於岩台推落屍體。你要棄屍，沒人管你，但得給我把屍首埋好，不可隨便丟棄。

兩人推屍離開奇門街，轉向後山山道。曹諫邊推邊說：「冰姊，咱們收錢是爲了抓賊，何必幫他棄屍呢？」

血如冰提高燈籠，打量四周，說道：「你第一天出來混呀？這筆買賣就是爲了棄屍。留神點，今夜可還沒完呢。」

曹諫皺眉：「我是瞧著不太對勁，但又說不出哪裡不對勁。」

血如冰道：「此事尚有想不明白之處。不過據我推測，折腰眞人請我們來，就是爲了展示功夫，然後推具變成冰柱的屍體去埋，只是他沒料到來偷大寒丹的是他徒弟。」

曹諫問：「他若是爲了展示武功，又爲何叫咱們不要張揚？」

血如冰笑道：「仙寨中有多少人是說不張揚就不張揚的？我說這屍體變成冰柱的事，明日一定會傳開。至於怎麼傳？此刻還看不出。」

曹諫突然咋舌：「說起來，他那炎涼神掌還眞是厲害，竟然能把人凍成這樣。」

血如冰噗哧一聲：「你信啊？」

曹諫一愣：「不可信嗎？」

血如冰洋洋得意：「我曾跟武功天下第一的大俠莊森混過幾日，這你是知道的。」

曹諫翻白眼道：「是呀！妳整天掛在嘴邊，誰不知道呀！」

血如冰一副「我就是要掛在嘴邊，怎樣？」的表情，說道：「就算是莊大俠，我都不信他能一掌把人打成冰柱。凡事唬得過火，可就不像啦。」

曹諫問：「莊大俠會使這種陰寒功夫嗎？」

血如冰搖頭：「我見他使過玄日宗的玄陽掌，可也沒把人打得燒起來。」

曹諫碰碰推車上的棉被。觸手冰涼。他說：「可這懷月小道童當眞變成冰柱了呀。」

「多半是那大寒丹的威力了。」血如冰推測。「懷月右手掌心積霜最厚，寒氣定是從那裡擴散開來。我猜他或是受人所託，或是自己好奇，半夜跑去偷大寒丹。我沒見過大寒丹，不知是什麼模樣。懷月恐是因遭鐵籠囚禁，心下慌張，弄破了丹藥或什麼的，就這麼變成冰柱了。」

曹諫懷疑：「有這麼厲害的丹藥？」

血如冰聳肩：「三百兩黃金買的配方，總得有些神奇功效。」

曹諫搖頭：「那折腰眞人又爲何要自認弒徒，說是用炎涼神掌打死他的？」

「正是他這麼說了，我方知他是爲了揚名。」血如冰道。「你想想看，一掌能把人打成冰柱，這是何等神功，何等威風呀！」

曹諫忍不住伸出左手猛拍大腿，卻讓推車力道不均，轉向道旁；他連忙反手握住，把車拉了回來。他說：「罩哇！如此神功，簡直能跟洪荒派那套一拳就把人打成肉醬的拳法比美。那叫什麼來著？」

血如冰道：「粉身碎骨拳。」

「正是粉身碎骨拳！」

血如冰笑道：「這些不怕牛皮吹破的武功一一現世……」

曹諫連忙搖頭：「不是呀！冰姊！小沈說隔壁劉掌櫃親眼見過洪荒派的『一掌碎石』毛眞師父，在仙道谷使出粉身碎骨拳，把個新來的毛賊給打爆了。那毛賊被打得血肉狂噴三丈，只剩下兩條腿，上半身全沒了呀！」

血如冰繼續笑道：「這毛眞名不見經傳，連洪荒派掌門都不是。他要是這麼厲害，早就天下無敵了。」

曹諫繼續搖頭：「聽說那毛眞是現任掌門洪無畏的師叔。他外出雲遊尋根，找回了師門失傳許久的《粉身碎骨拳》拳譜，年初才練成神功回來。這幾個月已經有好多人投入洪荒派，每天都有外地人趕來無道仙寨拜師呢！」

血如冰道：「厲害呀。你記得去年咱們還在費心思索，該如何營造我血腨客武功深不可測的假象嗎？」

曹諫歪頭：「妳說他們都是假的？」

血如冰聳肩：「我是沒證據啦。不過他們本錢下得重，手法也比咱們高明，要說武功深不可測，倒也算是實至名歸。」

曹諫深以爲然：「妳這麼一說……這確實很像咱們無道仙寨的人會幹的事呀。」

血如冰微笑：「我看除了粉身碎骨拳和炎涼神掌之外，最近還會有更多驚世駭俗的武功現世。」

曹諫問：「爲什麼？」

血如冰微微揚眉，笑而不語。

「喔！」曹諫恍然大悟：「我知道了！是爲了無道神功選拔……」

血如冰突然高聲道：「朋友，請現身吧。」

左側山壁黑影中響起咳嗽聲，一條纖瘦人影緩緩步出。陌生中年男子，書生打扮，看來像是書畫市集中賣假畫的文人雅士。那人緩步走來，輕聲笑道：「血揹客果然名不虛傳。在下自恃輕功高明，想不到這麼快就被發現啦！」

血如冰搖手道：「兄台過獎。其實我是要請那塊大石頭後面的那位先生出來。」

大石頭後冒出一名彪形大漢，兩條胳臂粗如樹幹。他說：「哎呀！露餡啦！我以爲血姑娘是在叫草叢裡的那位姑娘。」

山坡邊的草叢搖晃，姍姍走出一名滿臉不情願的黑衫姑娘。她聲音嬌嗲，微怒斥道：

「臭小子，你自己被發現就算了，把人家揪出來做什麼？」

大漢說：「有個伴嘛！」

黑衣女子指向中年書生：「那邊已經有伴了呀！」

大漢笑道：「男伴女伴不一樣。」

曹諫停下推車，拔刀出手。血如冰上前一步，拱手說道：「三位爲何而來？」

中年書生笑著搖手：「沒事、沒事！我們只是想瞧瞧這屍首，血姑娘別放在心上。等妳把人埋好了，咱們再挖出來看也一樣。」

另外兩人跟著點頭，顯然三人一般心思。

血如冰揮手要曹諫收回單刀，朝三人道：「深夜埋屍，怪可怕的，現在人多就不怕了。大家一起走走。」

三人尷尬陪笑，只能一同上路。曹諫推車，走得慢，其他人則兩兩跟在推車兩側。血如冰提著燈籠，自顧自地走著，也不多說什麼。走到後來，黑衣女終於忍耐不住，推推那大漢道：「馮小手，你們巧藝坊又不善內功，跟著來瞧這熱鬧，你瞧得懂嗎？」

名叫馮小手的大漢哈哈一笑，反唇相譏：「呂三娘，妳們春風院來來去去就是那套採陽補陰大法，不必拿出來丟人現眼了。好好開妳的妓院，別來淌混水。」

呂三娘大怒，裙裡出腿。馮小手見機甚快，躍起閃避。那書生跟在血如冰身後，走在推車另一側，突然使了招移行換位的功夫，眨眼間晃到馮小手與呂三娘兩人之間，合掌打圓場道：「兩位、兩位，今日是來見識炎涼洞神功，不是來打架的。大家和和氣氣，別讓血姑娘難做。」

馮小手和呂三娘都不知道這名書生是何許人也。見他露了這手功夫，一時間不敢造次，各自罷手後退。血如冰提高燈籠，照亮書生容貌，看不出絲毫能透露來歷的跡象。她點頭笑道：「先生好俊的身手，絕非無名之輩。可否報上名來？」

書生笑道：「在下沒沒無聞，就是個市集大街裡擺攤賣畫的。平常練練功夫，是爲了舒展筋骨，畫圖方便。不是吹牛，我畫得圖可眞好！尤其擅長畫馬！書畫街裡半數畫攤上的『韓幹牧馬圖』，都是出自在下手筆。」

血如冰繼續前行，眾人跟上；她說：「改天找先生買畫，總得知道先生大名。」

書生道：「韓不幹。」

血如冰點頭：「好名字。跟我的血如冰倒是有異曲同工之妙。」

書生笑道：「大家來無道仙寨，不就是圖個改名換姓嗎？」

約莫走了一炷香時分，眾人來到亂葬谷。谷口有座簡陋山門，其上鬼氣森森地掛了塊「亂葬谷」牌匾，兩側有副對聯，寫道：「各人自埋各人屍，莫管他人穴中魂。」谷中火光晃動，還有另一群人在辦事。血如冰遠遠一望，見是認識的，便高聲招呼：「浮砂眞君，埋屍呀？」

那浮砂眞君乃是奇門街七大洞府之首「浮光洞」的掌洞大仙，仙寨煉丹界的第一把交椅。浮光洞煉出的「助春趣」和「挺陽丹」，大受紅粉青樓歡迎，山南道各州城的青樓都向他訂貨，可謂供不應求。浮砂眞君曾委託掮客居雇保鏢運貨，算是長期合作的老主顧。見是血如冰，眞君開懷笑道：「是呀，血姑娘。這麼巧？」

曹諫自推車上取出一把鐵鍬丟給馮小手，自己拿了把鏟子，在旁邊找塊空地，挖起墳來。韓不幹和呂三娘圍在推車旁，彎腰打量道童屍首。呂三娘自懷裡抽出手絹，遞給韓不幹。韓不幹隔著手絹掰開道童手掌，掌心白霜升起白絲，死去半個時辰尚無溶化跡象。韓呂二人一起湊上嗅聞，同時皺眉。

馮小手一邊挖墳，一邊瞧著他們問：「怎麼樣？快說說！」

韓不幹說：「有股焦味。」

呂三娘又聞了一口：「刺鼻之中又帶有淡淡甜味。」

馮小手問：「那是什麼意思？」

韓不幹自袖中彈出一把匕首，輕輕劃開道童掌心中的白霜，自其中挑出一片薄膜，如蟬翼，似魚腸。呂三娘問：「掌心皮？」韓不幹搖頭：「皮膚都凍脆了，這是別的東西。」

馮小手挖開土裡一塊大石，踢到一旁，放下鐵鍬，走了過來。他問：「死因究竟爲何？」

韓呂二人同時轉頭看他：「凍死呀。這還用問？」

馮小手說：「廢話。我問是給陰寒內勁打死的嗎？」

呂三娘道：「眞有這麼厲害的武功，大家還這麼辛苦幹嘛！」

韓不幹瞧著薄膜，沉思說道：「我讀過關於寒冰掌之類武功的記載。要說凍壞手腳、凍死心臟，只要內力深厚，都辦得到。但要讓整個身體結爲冰柱，只怕出招之人自己都凍死了。不，這是外來藥物催化的結果。大家會不約而同盯上炎涼洞，自然是聽說折腰眞人標得大寒丹。看來此丹以薄膜包覆，觸體急凍，厲害無比，同時又凶險至極。折腰眞人以此丹練功，一不小心就會把自己練成冰柱。」

血如冰笑道：「哎呀，幸虧沒有外人迷了心竅，去偷大寒丹，要不然此刻變成冰柱的，就不是懷月道童了。」

三人思之心驚，當場都嚇出一身冷汗。他們今夜來此，就是爲了一探大寒丹虛實，如今知道厲害，都有在鬼門關外走一回之感。

浮砂眞君突然探頭過來：「唷？這不是懷月小道童嗎？他怎麼這死法？可惜呀。可惜。」

血如冰指著浮砂眞君的鼻子道：「眞君，看別人的屍首，這可不合規矩呀。」亂葬谷的不成文規矩是「各人自埋各人屍，莫管他人穴中魂」，大家深夜埋屍，自有不想讓人知道的恩怨，若都這麼看來看去，那直接丟溝裡得了。

浮砂眞君笑道：「老夫見你們這麼多人圍著屍體查看，按捺不住好奇，便多看了一眼，想不到是認識的道童。哎呀，聽說折腰眞人今年新創了一套絕世武功，叫什麼炎涼神掌。想不到他如此辣手，竟拿自己的弟子試招。是了，血姑娘，妳若認爲老夫瞧了妳的屍首不公平，妳也可以來瞧我的屍首呀。」

血如冰瞇眼瞧他，猜不透這老頭是什麼心眼。她心想有屍首的地方就有恩怨，這等閒事還是少惹爲妙。正要回絕，那馮小手和呂三娘已經晃了過去。呂三娘驚呼一聲，說道：「全焦掉啦。」馮小手卻道：「肉焦了，衣服卻沒焦，這倒奇了。」

血如冰見浮砂眞君面露得意之色，不禁皺起眉頭，走了過去。浮光洞推來的屍首躺在地上，是具焦屍，獵戶打扮，手腳面目全黑，難以辨識容貌。衣衫除邊緣處有些燒痕，胸口有道深色掌印外，其餘完好如初。血如冰聞到刺鼻焦肉味，一陣噁心，摀著鼻子說道：「眞君倒也有心，放火燒人還不忘幫忙換套體面的衣服，讓人入土爲安。」

浮砂眞君笑容滿面：「血姑娘誤會啦！老夫可是出了名的嫉惡如仇，這妳是知道的。適才在暗巷之中，撞見此人攔路打劫。老夫一時手快，使出本門絕學『火雲神功』，一掌把他劈成這副模樣啦！」

韓不幹跟在血如冰身後道：「喔，我就奇怪，浮光洞來了這麼多人，把亂葬谷照得跟白晝似的，不挖洞也不翻土，原來是爲了宣揚神功。」

浮砂眞君也不否認，堆笑道：「這位道友講話直接，深得老夫所好。請你看仔細了。浮光洞的火雲神功，打完就是這個樣子。明日開門做買賣，還請道友幫老夫宣揚宣揚。」

韓不幹笑道：「行！在下雅擅丹青，畫工高明，不如我幫你把這屍首畫下來，落款題字『神功圖』，只收你成本價一百兩，可好？」

浮砂眞君道：「痛快！一百兩老夫這就付了！徒兒，付錢！」

血如冰眼見他們付錢、收錢，悄悄過去把浮砂眞君拉到一旁，低聲問道：「眞君，你也要參加那無道神功選拔大會？」

浮砂眞君笑著點頭：「是呀。血姑娘瞧我這火雲神功，還使得嗎？」

血如冰豎起大拇指：「使得，使得！怎麼弄的，如此唬人？」

浮砂眞君不高興：「哎呀！姑娘怎麼這麼說話，什麼叫唬人呀？咱們浮光洞外丹煉得好，內丹功夫自然也有心得。這火雲神功可是老夫嘔心瀝血之作，絕對不唬人呀！」

血如冰佯怒：「大家這麼熟，你講這話不害臊嗎？」

浮砂眞君嘿嘿一笑，心照不宣地道：「要是無道神功沒選上，我再說給妳聽嘛。幫我宣揚宣揚啊！」

回到自家埋屍處，曹諫已經和馮小手一起將屍體埋好。眾人又再多說了兩句，就各自散了。

第三章　訪血泉

前夜忙晚了，血如冰睡到日上三竿，才被曹諫敲門喚醒。「冰姊，起床。適才信差來訪，上官大俠請妳去血泉當舖一敘。」

血如冰連忙下床，更衣打扮，匆忙出門，直奔血泉當舖。曹諫口中的上官大俠，名叫上官明月，乃是武林第一大門派玄日宗的高手，原任玄日宗長安分舵舵主。長安焚城時，她曾協助百姓逃生，救人無數，萬民景仰，人稱「金州菩薩」。然正當聲望如日中天時，她卻突然退出江湖，來到無道仙寨定居。有人說她在長安焚城時得罪梁王朱全忠，爲了避禍，才躲入無道仙寨。也有人說她是爲了情郎而回歸平淡，但這情郎的身分卻無人知曉。

轉眼，上官明月已於無道仙寨定居半年有餘。莫說她名氣甚大，無人敢招惹，仙寨的幕後寨主黃皓，也因曾與玄日宗合作廣建桃花源，而對上官明月禮遇有加。加上她竟與仙寨中邪派高手聚集地「血泉當舖」頗有交情，仙寨各大勢力都對她極力拉攏。就算不想利用她，也定要維持良好關係。她沒有開門做生意，但總會有人慕名而來，託她辦事。幸虧仙寨中大部分居民都是老江湖，沒人不長眼到來找「金州菩薩」作姦犯科。

去年，血如冰遭人打傷，墜入山澗，幸得上官明月出手相助，才撿回一命。之後，她便將上官明月當作親姊姊般，言聽計從，隨傳隨到。

血泉當舖位於欲峰山山腰，距掮客居所在的山腳市集，步行得要小半時辰。當舖掌櫃名叫燕建聲，據說是仙寨第一高手。血泉當舖是仙寨中沒有依靠勢力的邪派散人聚集地，承接各式各樣見不得光的生意，堪稱仙寨掮客界第一把交椅。血如冰老早就想跟燕建聲搭上關係，但苦於人脈實力差距過大，完全沒有交集。她知道上官明月與燕建聲相熟，卻不知他們爲何相熟，是以不敢請她引介。今日上官明月約她在血泉當舖會面，可是千載難逢的好機會。

血如冰心下雀躍，快步奔行，沒多久便來到血泉當舖。當她報上姓名來意之後，當舖伙計便將她迎入內堂奉茶，並告知上官姑娘隨後便來。血如冰氣喘吁吁，不好立即坐下休息，便在內堂中來回踱步，調節呼吸。待她沉心靜氣後，聽見堂後隱約傳來人聲。

「他究竟去哪兒了?半年還不回來?」血如冰認得是上官明月的嗓音。

一個男聲回道：「師兄出寨辦事，我也不知道他去哪兒了。」

上官明月又問：「你老實說，他不是躲著我吧?」

男子道：「月兒，其實……這種事情不能強求的。」

上官明月抽了口涼氣：「他眞的在躲我?」

男子忙道：「不是!沒有!我不知道!哎呀，這等尷尬事，師兄哪裡會跟我說。」

「不說破就不尷尬！我……」

血如冰正豎起右耳偷聽，左耳旁突然吹來一口熱氣。她大吃一驚，連忙轉身，只見有個十六、七歲的少女，笑盈盈地站在她身邊，說道：「這位就是血姊姊吧？瞧妳一雙大眼賊兮兮的，在偷聽什麼好事呀？」

血如冰偷聽讓人抓到，只好尷尬傻笑。她見這女孩年紀輕輕，竟能無聲無息地欺到自己身旁，輕身功夫眞是了得。人說血泉當舖高手如雲，看來絕非浪得虛名。自己這半年雖然經過上官明月指點功夫，武功遠勝從前，但多半還不到血泉當舖的級數。上官明月找她過來，不知爲了何事？倘若是要轉介血泉當舖的生意，她可不能給上官明月丟人。

血如冰說：「見笑了。我是血如冰，請教妹妹芳名？」

少女道：「我叫燕珍珍，是血泉當舖的少當家。」

血如冰開心道：「原來妳就是珍珍呀，上官姊常提起妳。」

燕珍珍笑容不善地道：「師姊定是說我壞話。」

血如冰忙道：「沒有、沒有！上官姊很喜歡妳呢。」

燕珍珍牽起血如冰的手，拉她到茶几旁坐下。她上下打量血如冰，點頭品評道：「姊姊眞美。」

血如冰謙虛：「沒有，妳才美。」

「我知道。」燕珍珍隨口說。「對了，姊姊，跟妳打聽個人，我大師兄莊森，妳認得吧？」

血如冰點頭：「認得呀！去年跟上官姊一起認識的。」

燕珍珍問：「妳後來沒再見過他了嗎？」

血如冰搖頭：「沒呀。他後來還有來過仙寨嗎？」

燕珍珍嘟嘴：「聽說有爲了桃花源之事回來過，但他又不來找我。」

血如冰見她抱怨，便問：「妳要他找妳？」

燕珍珍羞怯道：「就……想見他啊。」

血如冰微感訝異：「妳……對莊大俠……」

燕珍珍毫不避諱：「大師兄武功高強，英俊瀟灑，爲人正派，一天到晚忙著救人。認識他的姑娘，誰能不爲他傾心？」

血如冰想說我就不爲莊森傾心，但又覺得這話不好說出口。或許她之所以不爲莊森傾心，純粹是自認高攀不上；也可能是認定莊森與上官明月才子佳人，自己絕不能跟上官姊搶男人；當然，最有可能是她心裡還有一個男人，雖然明知不該，但就是放不下。她說：「莊大俠已屆而立之年，妹妹會不會太……」

燕珍珍搖頭道：「我也二十七歲啦。」

血如冰大驚：「咦？」

燕珍珍笑道：「珍珍天生麗質，採陽補陰，看起來就是年輕貌美呀。」

血如冰傻傻地說道：「那妳還讓我叫妳妹妹？」

燕珍珍說：「妳喜歡叫，我喜歡聽嘛。多叫幾聲也無妨。」

「妳不害臊啊？」血如冰不悅。「比我大好幾歲，還要我叫妹妹！」

門簾掀起，上官明月隨一名男子步入內堂。那男子年約三十，相貌英俊，但是目光爍爍，神韻老成，給人一種歷經風霜之感。血如冰聽說血泉當舖從前做過「典當陽壽」的生意，掌櫃燕建聲外貌年輕，實際上是個有數百年道行的老妖怪。無道仙寨中什麼傳言都有，血如冰也不曾把這類傳言當眞，然則眼前男子的目光實在跟他的年紀無法相符，或許當眞有些古怪。上官明月見到血如冰，正要招呼，那男子已經搶先說道：「珍珍！血姑娘是客人，妳少講無聊話。」

燕珍珍嘟嘴：「我想說什麼，便說什麼。你們這些大人老是表裡不一，言不由衷，究竟有什麼好處？」

燕建聲揮揮手：「出去玩去。」

燕珍珍一屁股坐下：「我偏要待在這裡。」

上官明月笑著牽起血如冰的手，說道：「如冰，這位是血泉當舖的燕掌櫃。」她轉向燕建聲：「這位是掮客居的血如冰姑娘。」

兩人互相作揖行禮。血如冰恭敬道：「小女子拜見燕掌櫃。」燕建聲笑聲豪邁：「血姑娘不必多禮。明月的朋友，便是我的朋友。這兩年，血姑娘掮客居的生意興隆，都快要追上我們血泉當舖啦！」

血如冰惶恐道：「燕掌櫃說笑了！咱們接的都是小生意，做一年也抵不過你一樁買賣。」

燕建聲說：「生意大小，倒是其次，難得的是血姑娘肯改變作風，不接喪盡天良的買賣。去年玄南山盜匪案，妳爲救鄉民，自己的命都豁出去了。在無道仙寨這個染缸裡，像血姑娘這等血性兒女，可不多了。」

血如冰本想自謙兩句，但見燕建聲目光銳利，似乎言語之中另有深意，於是改口說道：「如冰聽說血泉當舖也是一年前才一改作風，立下許多新的買賣規矩。我想，人生際遇各有不同，能夠遇上一些讓我們改變想法的事，是我們命好。」

燕建聲盯著她瞧，片刻後笑道：「妳命比我好，年紀輕輕就遇上了。不必像我，滿手血腥，想改都心虛。」

上官明月拍響手掌，說道：「兩位惺惺相惜，聽得我好生感動。好啦，客套完了，聊正事吧。」她問血如冰：「如冰，妳聽說過無道神功選拔大會嗎？」

血如冰點頭：「本月底將在龍蛇樓擂台舉行。」

一年之前，無道仙寨最大兩股勢力的首領黃皓及丘寂寥聯合公告，懸賞黃金千兩，公開徵求一門絕世武功，作爲無道仙寨的看家絕學。理論上，所有無道仙寨的居民都有資格修習此項神功，希望藉此神功，將無道仙寨統一爲單一勢力，在江湖上打響令人聞風喪膽的名號。

此事極度符合無道仙寨的立寨理念，一時間，所有富機智、擅奇想的詐騙奇才，都開始打造神功。眾所皆知，眞正的絕世武功，總得學個十幾二十年方有小成，然而不能立竿見影的神功，對無道仙寨毫無意義。況且，名門正派的絕世武功，哪有可能賣給無道仙寨讓大家學？想要贏得「無道神功」選拔大賽，神功不但要有駭人聽聞的神奇效果，還必須簡單好學。要在一年內打造出符合這兩個要件的神功，任誰都知道是旁門左道的假神功。

上官明月問她：「妳沒想過要參賽嗎？」

血如冰摸著心口說：「我這人腳踏實地，不會自創這種神功。」但她說得有點心虛，忍不住好笑道：「老實說，一年下來還在打造神功的高手，都太有創意了，如冰實在望塵莫及。」

上官明月揚眉：「喔？最近見識到什麼神功了嗎？」

「奇門街炎涼洞的炎涼神掌。」血如冰立刻說道。「一掌能把人打成冰柱呢！」

上官明月與燕建聲對看了一眼，說道：「我今早才聽說折腰眞人打死了徒弟⋯⋯」

血如冰訝異：「哇，眞的這麼快就傳開了？他徒弟是我昨天深夜推去埋的。」說著，將昨晚亂葬谷的事說了一遍。

上官明月聽完，低聲沉吟道：「原來這炎涼神掌是這麼回事，聽起來十分凶險呀。」

血如冰點頭：「是呀。不知姊姊爲何問起無道神功大會？」

上官明月道：「黃皓請我擔任裁判，從眾家神功中選出最合用的無道神功。」

血如冰大笑：「好呀！憑姊姊的武功見識，那些裝神弄鬼的功夫，定當無所遁形。」

「要那麼容易，我也不必找妳幫忙了。」上官明月輕嘆。「妳想想，這些參加選拔的神功，有幾門會是眞的絕世武功？」

血如冰竊笑：「只怕全都不是。」

「是呀，黃皓在仙寨裡混這麼久了，他難道會不知道嗎？」上官明月說。「無道神功本來就不是要挑選絕世武功，而是要挑出一門看似絕世武功，實則類似神兵利器，拿了就能用的功夫。簡而言之，就是像炎涼神掌那種東西。」

血如冰輕輕點頭道：「那炎涼神掌就很神奇了。」

上官明月搖手：「風險太高也不行。倘若那大寒丹眞是一弄破，自己就會死掉，那這門神功還是不練也罷。黃皓找我評判的，並非神功眞假，而是它是否適合充當無道神功。其中當然也包括外人能不能一眼就看出箇中玄機，要是太容易穿幫，不是讓天下英雄笑話嗎？」

血如冰不禁覺得好笑：「姊姊，此事如此荒謬，妳也肯接？」

「好玩得很，爲何不接？」上官明月瞪大眼睛道。「月初，龍蛇樓擂台掌櫃已開始接受報名，提出了一份値得注意的神功名單。妳聽著呀。炎涼洞的『炎涼神掌』、浮光洞的『火雲神功』、巧藝坊的『吋進拳』、春風院的『陰陽訣』、小畫攤的『潑墨雲手』，還有最令人難以費解的洪荒派『粉身碎骨拳』。聽說天工門亦有意參賽，要求龍蛇樓能寬限幾天。本來這不合規矩，但天工門無道分堂開張不過月餘，較晚得知此賽事，寬限幾日倒也說得過去。況且，眾所皆知，天工門匠心巧思，天馬行空，大家都想知道他們能端出何等神功。」

血如冰說：「天工門的江懷才與我相熟，我可以幫姊姊問問。」

上官明月繼續道：「我們打算在月底大會之前，盡可能查出各家神功的玄機。神功施展的難易、承擔的風險、機關製作的價碼等等，都在考量範圍內。」

血如冰問：「倘若眞有貨眞價實的神功呢？」

上官明月聳肩：「那也得看修煉幾年可以出師。倘若三年能有小成，倒也不妨考慮，再久就不行了。」她攤手道：「短短半個月時日，我怕查不完這許多神功，才請妹妹一起來。黃皓開出的報酬是銅錢千兩，咱們姊妹倆二一添作五，有錢一起賺。」

「姊姊如此關照，如冰可不客氣了。」血如冰說著，看向燕建聲。「燕掌櫃不分點油水？」

燕建聲還沒答話，上官明月已經揮手道：「他要幫我找人，沒空管這閒事。」

燕建聲語帶委屈：「月兒，找師兄這回事，怎麼全賴在我頭上呢？師兄他有手有腳，又不是我看得住的……」

上官明月沒好氣地說：「月兒？你叫我月兒，這麼親密，還不是看在你師兄份上。人都讓你給看丟了，你還好意思叫我月兒？」

燕建聲一副讓她吃定了的模樣，陪笑道：「不是，我是說，春風院那『陰陽訣』標榜採陽補陰，跟我的內功練到一路上了。讓我去探虛實，不是很快嗎？」

「不必，我查就好了。」上官明月道。「你給我專心找人。」

燕珍珍問：「爹呀，你什麼時候有師兄了，我怎麼不知道？」

燕建聲說：「最近認來的。不關妳的事，別攪和。」

上官明月勾搭著血如冰的肩膀，一邊往外走，一邊說：「我本來要妳專門查探洪荒派就好，既然妳跟天工門相熟，巧藝坊的吋進拳就一併讓妳查了。巧藝坊跟天工門是同行，相信江懷才可以輕易看透他的機關。」

血如冰昨晚見過巧藝坊的馮小手，知道他擅長外家功夫，但也不甚高明；他若能創神功，定是仰賴巧藝坊的暗器機關。她對上官明月拍胸脯道：「巧藝坊，小事，包在妹妹身上。倒是那洪荒派的『粉身碎骨拳』，姊姊說它難以費解，怎麼放心交給小妹呢？聽說那個姓毛的，曾一拳把人打成肉醬呀。」

上官明月皺眉沉思：「洪荒派是有數百年歷史的老字號門派，比我們玄日宗還早成立。據該派宣稱，他們是中原武林有史以來第一個成立的門派，乃元始天尊嫡傳玉京山開劫洞的後裔。他們的內丹寶靈功，可與本宗的轉勁訣互別苗頭。百年之前，洪荒派掌門洪開山，敗於本宗高手雨晨曦之手，鎮派神功『開劫碎難拳』就此失傳，該派也因此走向沒落之途。黃巢之亂時，他們加入黃巢勢力，負責訓練部隊。黃巢覆滅後，他們就隨丘寂寥的土團白條軍歸隱無道仙寨，重建武學門派。據說現任掌門洪無畏，武功卓絕，深不可測，堪稱無道仙寨第一高手。」她回頭瞄向燕建聲，又說：「只不過堪稱無道仙寨第一高手的人，也未免太多了些。」

燕建聲大聲道：「那都別人說的，我沒自己說過喔！」

上官明月不理會他，繼續對血如冰道：「毛眞是洪無畏的師叔，但在江湖上名不見經傳。他這次挾帶神功歸來，吸引大批外人拜師，已經造成洪荒派暗潮洶湧，派系分明。玄日宗與洪荒派有陳年宿怨，我不方便介入此事，是以想請妹妹代我混入洪荒，暗中調查。」她自懷中取出一只錢袋，約莫五百兩重，遞給血如冰。「毛眞神功驚人，拜師費越收越貴，倘若五百兩還混不進去，妳再來找我拿。」

血如冰收下錢袋，遲疑問道：「姊姊如此大費周章，應不只是為了查探神功虛實吧？」

「如冰好敏銳。」上官明月嘴角上揚。「但妳真問我要查什麼，此刻我也說不上來。總之，妳混進去後，先查毛真底細，再查功夫真偽，倘若情況不對，立刻抽身離開。」

「我會的。」血如冰跨出門檻，小聲詢問：「姊姊，妳讓燕掌櫃找的是什麼人呀？」

上官明月輕嘆：「是故人。」

「這麼神祕？」血如冰似笑非笑。「莫非是姊姊的情郎？」

上官明月笑容苦澀，並未作答。

血如冰說：「我以為妳跟莊大俠是一對兒呢。」

「多事。」上官明月用中指敲了她。「快去吧。」

血如冰哈哈大笑，高聲向燕氏父女告辭，轉身離開血泉當舖。

第四章　奪天工

血如冰出門後再往上行，前往距離血泉當鋪不遠的天工門。天工門的手藝鬼斧神工，乃天下工匠門派之首，在各大州城都有分堂。從印刷農具到機關暗門，天下工藝無所不包。半年前，天工門金州分堂堂主江懷才大老遠跑來無道仙寨悼念摯友，迷上了仙寨中紙醉金迷的荒誕光景，當即覓地開辦無道分堂。之後幾經波折，依附權勢，搶奪地盤，暗中較勁，明擺火拚，得罪了許多人，也結交了不少朋友，終於在近半年後開張大吉。

至於血如冰結識江懷才，則是在他來到仙寨後不久。那日，血如冰外出晚歸，於掮客居門外撞見一名哭哭啼啼的男子。血如冰上前關心，那男子抬頭瞧見她，突然撲通一聲，跪倒在地，搥胸頓足道：「血姑娘！我死了好友，心裡好痛啊！」

血如冰手足無措，也不知該不該扶他起來。那哭鬧男子即是江懷才，就聽他哭道：「我這好朋友名叫鄭瑤，綽號金州神捕，這兩年跟我合作破了不少大案。啊！英年早逝，天妒英才呀！大好男兒，正義俠士，就這麼無端端丟了性命！這世道還有天理嗎？」

血如冰有點懂了：「原來公子是鄭捕頭的朋友……」

江懷才突然握住血如冰的雙手，淚眼汪汪地說：「聽說血姑娘是最後一個見到鄭兄之人，求妳告訴我他是怎麼死的？告訴我他沒有受苦！沒有受苦啊！」

血如冰回想起鄭瑤身亡當晚，她不巧撞見兇手行兇殺人，滿心擔憂自己的安危，對死者鄭瑤並無同情之心。事後，她自大俠莊森口中得知鄭瑤爲人，心中頗感唏噓。她安慰江懷才道：「鄭捕頭一劍穿心，當場身亡，並無受苦。」

江懷才哭慘了：「鄭兄啊！你死得好慘啊！幸虧你死前有佳人相伴，也算老天待你不薄！正所謂牡丹花下死，作鬼也風流。你在世時好事做盡，死後定是風流快活，享盡齊人艷福啊！」

血如冰微微皺眉，心想此人傷心，胡言亂語，也就不加批評。她說：「公子請節哀。」

江懷才一頭鑽進血如冰懷中，泣道：「姑娘，妳不知道。我江懷才醉心工藝，一輩子沒交過什麼好朋友！也算是我福大，遇上鄭兄這個好人，願意聽我說話，又肯試用我的發明！雖然他試用後不常推薦衙門採買，但那是我東西做得不好，跟他無關呀！妳知道的，千里馬尚需伯樂賞識。我失去了伯樂，只怕這輩子都沒指望了。」

血如冰見他一個陌生男子鑽進自己懷中哭泣，認定他輕薄無禮，頗感不悅。但聽他自報姓名，又感驚訝，問道：「公子便是天工門的江堂主？聽說堂主匠心絕倫，乃當世第一工藝聖手。近日謠傳你入了仙寨，大家都在談論呢！」

「那些都是虛名，好似過眼雲煙。」江懷才吸了口鼻涕，抬起頭來，愣愣望著血如冰，突然臉紅起來。「血姑娘，妳好美呀。在下失禮冒犯，唐突佳人，好生過意不去。想到……想到鄭兄死前有姑娘陪伴，走完人生最後一程，那孤寂之心也定有安慰。多謝姑娘陪伴鄭兄。這份恩義，江某人定將報答！」

血如冰惶恐：「江公子誤會了。我……我沒有……」鄭瑤死時，血如冰躲在房裡偷看，完全不敢吭聲，深怕引來殺機。鄭瑤根本不知道血如冰在場，更別提陪他走完最後一程。

江懷才卻說：「有！妳有！」他再度握起血如冰的雙手，誠摯道：「血姑娘重情重義，實在是人中之鳳，女中豪傑！鄭兄臨終前得妳相伴，箇中情義可感動天！江某人決定在無道仙寨開設分堂，從此長伴姑娘左右。姑娘有什麼吩咐，只管叫江某去做！我這條命，算是姑娘的了！」

血如冰大驚：「啊？你說什麼？我聽到了什麼？」

「對啦！妳聽對啦！」江懷才放開血如冰的手，四肢著地後退，朝血如冰磕了三個響頭，說道：「姑娘，大恩不言謝。江某心裡當妳是鄭兄未過門的嫂子，日後亦會敬妳、重妳。告辭！」

血如冰瞪大眼睛：「喂！你等等！什麼嫂子？你放什麼屁呀？」

江懷才一溜煙就跑了。

血如冰待在自家門口，想追上去，又怕自找麻煩，直到那曹諫確認哭聲遠離，打開大門，探出頭來。「哎呀，冰姊，這人好麻煩呀，哭個不停，我只好關起門來不理他。怎麼樣，冰姊，你們聊了些什麼？」

血如冰呆呆地道：「我像是收了個小弟。」

曹諫說：「喔？那或許算好事。」

「或許。」

□

話說半年之後，血如冰離開了血泉當鋪，來到天工門大門口。路過的伙計認出血如冰，連忙將她迎入大堂，再趕去通知門主。大堂是天工門做買賣的地方，擺滿各式各樣器具成品，有弓弩武器，亦有農具、廚具、車具、挽具。一角擺滿各式丹爐，那是專做奇門街生意的。一面牆上有三道機關門，分別可從內而外、從左而右、從下而上開啓，開門的機關分爲拉桿、拉繩，以及按壓石板等不同形式，想做暗門、牢門、洞門都行。

其中血如冰最感興趣的，是一整面牆上的書櫃。江懷才十分看重印書，認爲書是學識之本，即便是傳奇閒書，能夠感動人心的，都是好書。他聘請知名雕版師傅，訓練十數名雕版工匠，雕出的書版又快又美，加上用墨絕佳，他手下分堂出版的書，堪稱絕品好書。

半年前，血如冰本想收掉揗客居販賣武功祕笈的生意。一來是怕客人練功練出問題，二來也是因爲抄錄祕笈太費工夫，不合成本。認識江懷才後，血如冰見雕版神奇，忍不住就想拿祕笈來印印看。她花了整整一個月，把本門知博派的武功抄錄下來，分成《不知劍法》及《不博刀法》兩冊，交給江懷才雕版印刷。她想，自師父死後，知博派的武功就只剩下她一個傳人，而她也不太可能開班教授這等粗淺功夫，不如就寫成祕笈拿出來賣，誰愛練就讓誰練去。

血如冰拿起書櫃上的一本《不知劍法》，聞著書香，隨手翻閱，心裡竟浮現一股莫名的滿足感。

「血姑娘！妳來啦！哈哈哈！」

血如冰不禁微笑，放回祕笈，轉頭面對江懷才。儘管江懷才講話纏夾，東一句西一句，不顧他人感受，也常誤判他人感受，但此人心是好的，也算有趣，血如冰在他身邊，總是輕鬆自在。她說：「江兄，我又來打擾你啦。」

「不打擾，我瞧著姑娘就開心。」江懷才手裡捧著個半木半銅、看不出用途的機關，笑著問：「炎涼洞那抓賊的鐵籠還使得吧？」

血如冰豎起拇指道：「使得！昨夜已經抓到賊了，可惜是炎涼洞道童監守自盜。折腰眞人已經清理門戶。」

「清了？哎呀，打死人不好啊。無道仙寨眞是個沒有王法的地方。」江懷才搖頭嘆氣，又問：「那死相如何？精不精彩？」

血如冰道：「聽你這麼問，想必你早知道炎涼洞要參加無道神功大賽了？」

江懷才鬼頭鬼腦地道：「我自己想參加，當然得瞧瞧別人的名堂啊！」

血如冰描述了懷月道童的死法，順便講起昨晚埋屍之事。江懷才聽得津津有味。「厲害呀！這大寒丹不知如何配法，竟有如此神效。可惜我長於機關，不熟煉丹之法，頂多依照前人記載，配點火藥來玩。」

血如冰壓低音量道：「自己人，我就直說了，你可別跟人家說。我受人所託，查探各家神功虛實；既知你是專家，便來找你討教。先說說，你們天工門打算怎麼做神功？」

江懷才大喜，笑得合不攏嘴。「哎呀，血姑娘，這事妳不提，我也要找妳來欣賞呀。快快快，跟我去工房，我直接演示給妳看！」說著，牽起血如冰的右手，往後院走去。

天工門大堂後的院子堆滿工材，有木材、石材、礦材；院子三面都是工房，數十名工匠就在這些工房中按單幹活。兩側有兩座大熔爐，專供打鐵製作大型器具，各有兩三名工匠在排隊使用。兩人穿越後院，來到江懷才的私人工房。這間工房不比其他工房大，但擺放的物品特別多，顯得格外雜亂。江懷才請血如冰稍待，自己跑到一面屏風後，神祕兮兮的，不知搞些什麼。

片刻過後，江懷才走出屏風，雙手背在身後，說道：「我先給妳演示一套火掌，不過應該不會用它。請。」他帶血如冰走出工房後門，來到一座臥房大小的院子。天工門每間工房旁，都建有一座這種小院，方便工匠嘗試新鮮發明。江懷才指向一面焦黑土牆，右掌前挺，大喝一聲。掌心噴出團火，啪噠一下，打在牆上。

血如冰嚇了一跳，驚問：「你這是武功，還是妖法啊？」

江懷才大笑，來到血如冰面前，揚起右手。只見他右手無名指間戴有鐵套，掌心下方貼有一小塊火石。他伸出無名指在火石上輕劃，激起點點火花。接著，他拉開袖管，露出手腕下方一根細銅管，解釋道：「我這麼手掌上翻，牽動機括，噴出特製燈油，遇上擦出的火花，就會噴出火團。只要練得熟了，看起來就像是會噴火的神掌。厲害吧？」

血如冰摸著他的銅管，讚嘆道：「神奇呀！好唬人的。你說不會用它？」

江懷才搖頭：「因為這跟街頭噴火的賣藝人太像了嘛。懷疑我是冒牌貨的人，只要用心細看，定能看出端倪。況且，我這火石打火，一個沒算準，就燒不起來，到時候噴出一團燈油，可就笑死人了。」

血如冰點頭：「這麼說是挺不保險的。」

江懷才繼續說：「再說你也不能揹個大油筒在身後呀。油筒要小到能藏起來，但最多就只能噴個幾掌；不實用，太不實用了。」他搖頭太大力，嘴裡都發出咕嚕咕嚕的聲音。「就跟我左手這套冰掌一樣，不實用。」

「冰掌？」

江懷才的左手繞過血如冰的身體，掌心向上一翻，突然噴出一道疾勁霜氣，嘶地一聲，把焦黑的牆面都噴白了。血如冰花容失色，連忙後退，尖叫道：「你別亂噴啦！這白白的是什麼東西？」

江懷才說：「血姑娘別亂叫，旁人會誤會的。」他拉下左手衣袖，又是一根銅管。「這機括牽動下，會混合兩筒藥水，噴出急凍寒氣。」他引著血如冰來到牆前。血如冰伸手觸摸牆面，真的結了一層霜。江懷才又說：「最大的缺點是只能發一掌。而且，就算我對著妳噴，妳也只是給凍得有點痛罷了，完全不能跟炎涼神掌相提並論。」

血如冰轉頭看他：「那冰也不行，火也不行，你到底行不行呀？」

「只好退而求其次了。」江懷才脫下外袍，往回朝工房走去。血如冰見他兩手的銅管後接著皮管，又接到背上用好幾條皮帶固定的油筒、冰筒、噴射機括，奇特複雜到瞧不明白。江懷才在工房內穿穿脫脫，說道：「我就想啦，要冰要火那等先聲奪人的東西，我是比不過奇門街那些傢伙的。想贏他們，得靠兵刃或暗器。」

血如冰鼓掌叫好：「你的暗器一定很厲害吧！」

「我的暗器自然一流。要是黃皓想跟我訂製一套無道仙寨的獨門暗器，我可以讓他獨步武林！但現在要的不是暗器，是神功啊！」他又換了另一套黑色外衫出來。這套沒有寬鬆衣袖，兩手纏有腕套，袖口綁在腕套裡，看起來藏不了什麼機關。他走到院角一根直立木樁前。那木樁有大腿般粗細，常人高矮，樁面上有許多刻痕，似是刀劍砍出來的。他說：「我現在演示的這套叫作『天工霸絕刀』，耍得是手刀，不是眞刀，但那刀氣呀，可比眞刀更加凌厲。」

他以掌爲刀，橫劈而出。就聽見破風聲起，手刀掠過木樁，連碰都沒碰到，木樁卻應聲而斷，憑空切下一尺高的樁頭。那樁頭咚地一聲落地，差點砸到血如冰的腳。

血如冰神情崇拜：「厲害！這眞的是現切的，沒事先切好吧？」

江懷才再度出掌，又切下一段木樁。他擺了個架勢，煞有其事地說：「我的刀氣凌厲，稱得上是霸絕刀吧？」

血如冰點頭如搗蒜：「太凌厲了。毫無破綻。」

江懷才得意洋洋，扯開右手護套，露出套在手腕下的一塊圓盤。圓盤下連著一把薄如蟬翼的軟刀，藏在黑色衣袖中。江懷才把血如冰拉到身旁，朝前方迅速揮手。軟刀無聲無息地彈出，以圓盤爲軸，轉了一整圈，停回原位。機關運轉，旋緊圓盤，蓄勢待發。江懷才道：「出刀快，刀身薄，大太陽底下尙能看出反光，稍微陰暗點便瞧不見了。」他拉拉黑衣袖，衣袖下緣有好幾道口子，方便軟刀斬出斬入。「幾層輕薄黑布編在一起，不仔細看，是瞧不出破綻的。」

血如冰說：「這可以。就用這個吧。」

江懷才嘖了一聲。「就是有時候收不好會卡布，還得再研究研究。況且，每次出刀，我掌心都會傳來涼風，搞得我心裡發毛，老怕會砍到手呀。」

「那也不可不防。」血如冰改變話題：「你有聽過巧藝坊的吋進拳嗎？」

江懷才搖頭道：「馮小手的手藝還過得去，我也很想知道他會端出什麼菜來。你說他的叫『吋進拳』嗎？那多半是以突進的機關推動暗器了。突進式的較難避免聲響……」

血如冰道：「你幫我查查。」

「沒問題。我待會兒就去巧藝坊溜溜。」江懷才一口答應，隨即問道：「血姑娘要去查哪家？」

血如冰說：「洪荒派。」

江懷才「嘶」聲吸了口長氣。「粉身碎骨拳很殘暴呀。」

血如冰揚眉：「你見過？」

江懷才臉色一變：「仙道谷打爆小賊那回，我跟大夥兒一起去瞧過熱鬧。那現場眞是血肉模糊，屍體上半身都沒了。我至今想不明白，怎樣能夠一拳把人打成那樣。江湖傳言，近年有高人煉出威力強大的黑火藥，可以炸山裂石。我是沒見過，也沒聽說有人見過。無論如何，據說毛貞出手時，現場沒有爆炸聲響，也沒有絲毫火光。再說，他若是用火藥，自己的手難道不會炸爛嗎？神奇，眞的神奇。」

血如冰問：「你只見到屍體，沒親眼見他出手？」

江懷才搖頭：「我後來跟了他幾天，一有空就去洪荒派門外守著。可惜他之後不再出手，無緣得見神功。那幾天呀，洪荒派門外每天都擠滿了人。一些是去拜師學藝的，另一些就是去瞎起鬨，要毛貞出門示範神功。最後毛貞出來說了番話，倒也挺有道理的。」

「他怎麼說？」

江懷才引述：「『我又不是殺人王，沒事幹嘛找個人來打成肉醬給你們看？』」

血如冰點頭：「很有道理。照你這麼說，要探他虛實並不容易。」

江懷才說：「很高明。不再示範就不會露餡。血姑娘打算怎麼探？」

血如冰說：「拜師混進去查。」

江懷才訝異：「有必要做到這樣嗎？」

「受人之託，忠人之事。」血如冰道。「毛貞此人，意向不明。無論他的神功是眞是假，洪荒派都是不容小覷的勢力。跟他們打好關係，總不會錯。」

江懷才指著她，抖動手指道：「帶點暗器防身吧。」

「好！」

江懷才帶她進屋，打開暗器櫃，講解各式暗器的功效，讓她自行挑選。血如冰挑了一副束腰式的金針暗器，發射機括設在後腰，專門應付遭人擒獲、手腳被綑綁的情況。謝過江懷才之後，血如冰趕往洪荒派。

第五章　入洪荒

洪荒派位於欲峰山西面山腳的宗派坊。該坊坡緩地大，樹木盡數被砍光，清成無道仙寨中少有的平地街區。早年，洪荒派及幾個跟著黃巢打天下的武學門派，隨敗軍遁入欲峰山，於宗派坊重立門戶，廣收門徒。多年下來，許多在外界混不下去，流落到無道仙寨的小門派，也聚集於此，重新開始。久而久之，宗派坊就變成無道仙寨的武學集散地，戲稱「小江湖」。

血如冰偶爾沒事時，喜歡來小江湖走走。儘管沿街還是有些生意不好的門派，會在門口叫賣拉客，也有弟子抱怨學費太貴而討價還價，但整體而言，這是個學武之地，市儈之氣沒有仙寨其他地方那麼重。大部分門派會把徒弟分成兩類，一類是花錢學功夫的客人，所謂「有交無類」，只要你交了學費，師父就教你武功；另一種是傳統師徒，這樣的徒弟不一定要交學費，但得住在武館中打理雜務，聽師父使喚，較有機會盡得師門眞傳，或更惹師父討厭。

血如冰走在小江湖中，聽著兩旁門派院內傳來師父的授課聲，以及徒弟的練功吆喝聲，心中感到寧靜祥和。只可惜，沒寧靜多久，前方就有人破口大罵，原來是來踢館的。就看到一名虯髯大漢，手持雙槍，往一扇紅漆大門外一站，大聲吼道：「姓楊的，你不守道義，搶我徒弟，怎麼算？」

紅門開啓，跳出一名錦衣漢子，長槍往腳旁一架，喝道：「笑話！小翠喜歡我的長槍，不喜歡你的短槍，不行嗎？」

虯髯漢大怒：「你說長就是好嗎？我這雙槍，短小精悍，前後開攻，你那傢伙怎麼跟我比？」

錦衣漢一副惹人討厭的模樣：「怎麼比我不知道，你自己去問小翠。」

有人忍不住起鬨：「你們到底是搶徒弟，還是搶女人呀？」

於是，兩人三槍大打出手，附近武館裡的人都紛紛跑出來看熱鬧。血如冰瞧了片刻，見兩位師父槍法平平，沒什麼精彩之處，便隨即從旁繞過。身後的人還在叫：「老黃加油！讓這小白臉知道，槍光靠長是沒用的！」

不多時，血如冰便抵達街尾，來到外觀最氣派的洪荒派。洪荒派的雙扇大門敞開著，其後的大練武場上，整整齊齊站了好幾排人，正練功打拳，齊聲吆喝，看來莊嚴威武，頗似名門正派。大門之外，左麒麟、右蛇龜，象徵太古洪荒，年代久遠。那石蛇龜前擺了張桌子，有個貌似師爺的男子坐於其後，桌上擺著兩個立牌，一個寫「收徒」，一個寫「額滿」。

血如冰見那桌前有五、六個人在排隊，便走到隊伍後面。她問排在最後面的男子：「兄弟，這桌上又說收徒，又說額滿，是怎麼回事？」

那人大驚，問道：「啊？額滿了嗎？我不識字呀。」說完，悻然離去。

排在前一位的男子笑道：「姑娘有所不知，洪荒派炙手可熱，大家都想學那粉身碎骨拳，搞到練武場都擠不下啦。但是妳想想，有錢賺他們難道不賺嗎？此刻奇貨可居，自然是要挑好賺的來賺呀！額滿的意思是說『沒錢的徒弟已經額滿』啦！那收徒的意思自然是『有錢的徒弟我們還收』啦！要不，直接把攤子收起來就是了，幹嘛還讓人在這排隊呢？」

血如冰讚道：「見解精闢，大哥果然是本地人。」

一會兒輪到血如冰，那師爺瞧都不瞧她一眼，自顧自地端詳指甲，冷冷說道：「額滿了，請回吧。」

血如冰換上嬌膩膩的嗓音道：「這位師兄，你瞧著我說話嘛。」

那師爺說：「少在那邊師兄師兄地叫，那麼親密，我這個人最公道了……」轉頭一看是個美人，登時眉開眼笑地道：「哎呀！這位姑娘，妳想學功夫啊？學功夫好耶！強身健體，就不怕壞人啦。不過，姑娘嬌柔美麗，只怕練壯了不好看，不如讓哥哥來保護妳吧？」

血如冰忍住把他打成豬頭的衝動，笑盈盈地道：「我想學粉身碎骨拳。」

師爺色迷迷地道：「粉身碎骨拳好啊！那是咱們洪荒派失傳已久的絕學！好多人排隊等著學呢！不過妳瞧瞧……」他往身後大門內一比，「百來個人一起學，不好教也不好學呀。

不如妳到我房裡來，哥哥一對一教妳，保證教得又快又好！」

血如冰笑道：「師兄好壞，說話不正經。小妹就想入洪荒派學武功，還請師兄幫忙，通融通融。待小妹入門後，也可時時見著師兄。」

她說到師兄，特別軟語，只聽得那師爺心都飄了起來。他翻開名冊，提起筆來，問道：「師妹只想學習功夫，還是眞要入門拜師？」

「敢問師兄有何不同？」

師爺師兄解釋：「要學功夫，每日早上辰時、午後未時，各有兩個時辰教授武功，弟子可擇一習之。一般外面有生意的師兄弟，就是學這種，方便照顧生意，還可以抽空學功夫，只要每個月按時付錢就好。妳若願入門拜師，我們便安排食宿，正式收妳入門。除了每日早午課，晚間師父還會額外提點功夫，對武學進展幫助甚大。當然，每日燒柴做飯、洗衣打掃等閒雜工夫，也是免不了的。」

血如冰邊想邊道：「第一種適合我這種要照顧生意的弟子呀。但若不入門拜師，是不是就學不到高深功夫了？那粉身碎骨拳是高深功夫吧？」

師爺師兄覺得好笑地道：「當然高深啦。就毛師叔祖一個人會，連我師父都……」他突然察覺失言，連忙改口道：「要學粉身碎骨拳，不下個幾年工夫是不行的。」

血如冰問：「有沒有可能不入門拜師，直接跟毛眞師父學粉身碎骨拳呢？」

「問得好！」師爺師兄闔上名冊，從桌底下拿出另一本簿冊。「每天總有幾位急功好利的朋友提出這種要求。老實說，毛師叔祖是很瞧不起這種人的。不過他老人家呢，不會跟錢過不去。只要妳預交五百兩，毛師叔祖就會親自接見妳，考核妳的學武資質。倘若妳是萬中無一的練武奇才，毛師叔祖便會收妳爲徒，專門教妳粉身碎骨拳。要是沒有獲選，也別擔心。既然收了妳五百兩，本門所有教課，妳都可以來上。總之，不會讓姑娘吃虧的！師叔祖很忙，一日只見三人，適才已經進去兩個人了。姑娘若出得起錢，一會兒就見到師叔祖了。」

血如冰解下腰間錢袋，心想：「上官姊姊給我的錢不多不少，可見她早已打探清楚。毛眞是能見到，如何打探虛實，可得瞧我手段了。」她將錢袋放在桌上，笑道：「還請師兄安排。」

師爺解開錢袋，邊數錢邊道：「原來姑娘又漂亮又有錢，看來不是我錢某人高攀得上了。」他將錢袋收入桌下，提筆沾墨，問道：「姑娘貴姓大名？」

「血如冰。」

師爺一愣，在名冊上寫下她的姓名，註明「已付五百兩」。他說：「原來姑娘便是大名鼎鼎的血揹客。據說姑娘武功深不可測，想不到也來洪荒派學功夫？」

血如冰笑道：「我已經不玩深不可測那一套了，還是學眞功夫實在點。」

錢師爺放下筆，闔上名冊，若有深意地瞧了血如冰片刻，站起身來笑道：「血姑娘是號人物，就由我錢某人親自引妳進門。」血如冰後面還排了三個人。錢師爺翻倒「收徒」牌，向排隊的人致歉，領血如冰入門。

血如冰跟在錢師爺身後，進入大門，來到大練武場，接著沿牆而行，繞過正在場上勤練武功的百名弟子。他們走側門入屋，來到一座偏廳。廳中坐了兩人，正喝著茶等候。

錢師爺請血如冰入坐，親自爲她倒茶，隨即恭敬後退道：「三位稍候，我這就去請師叔祖出來。」

血如冰聞著茶香，卻不舉杯，趁機打量另外兩名前來拜師的師兄。頭一人是個三十來歲的精壯漢子，椅子旁斜靠著一支鐵拐杖，右腿只剩半條，褲管在膝蓋下方打了個結。血如冰認出他是專門雇傭刀客的刀客窟前任首席刀客方勝天，綽號七海遊龍。此人武功極高，遊龍刀法能夠一刀砍下七顆腦袋。他半年前讓人打斷了腿，沉寂養傷，不再露面，想不到今日在洪荒派見到。血如冰朝他微笑招呼，輕聲道：「方兄。」

方勝天神情冷酷，微微點頭：「血姑娘。」

血如冰本想多寒暄兩句，但見他模樣潦倒，從前開朗的氣息蕩然無存，一時也不知該說些什麼。她轉向另外一人，見是個神情桀驁的中年男子，雙手抱胸，不可一世，怎麼看都像是來找碴的。血如冰看他討厭，也就不想攀談。她凝思片刻，敲敲杯緣，站起身來，拉著椅子到方勝天面前坐下，說道：「方兄，這半年你上哪兒去了？如冰惦記著你呢。」

方勝天本不想理會她，但血如冰嬌滴滴的美人模樣，語氣又透露關懷，他也鐵不下心不理。他輕嘆一聲，說道：「腿斷了，在養傷。」

血如冰刻意不去看他的斷腿，但又覺得太過刻意。她有些尷尬，搖頭問他：「方兄一身功夫，實在可惜。不知那刀客窟的生意還接不接？」

方勝天苦笑道：「妳願意花錢請獨腳刀客嗎？」

血如冰道：「獨不獨腳跟你的功夫無關吧？」

方勝天閉眼嘆道：「血姑娘說笑了，當然有關。我的功夫打了折扣，只能接點便宜的活幹，當中還不少是老客人看我可憐……」

血如冰插嘴：「方兄快別這麼說……」

方勝天揮揮手：「殘廢人，難免憤世嫉俗。血姑娘若不嫌棄，還請多關照。」

半年前，七海遊龍當紅，有錢都未必請得動他，血如冰從頭到尾也只跟他合作過一次。如今他落魄了，竟然主動請她關照。血如冰心中感慨，說道：「我之後直接找你，別給刀客兄抽成。」

方勝天搖頭：「不成。壞了規矩，我就不用混了。刀客兄有情有義，還肯幫我延攬生意。人家說無道仙寨無法無天，越無法無天的地方，越得看重江湖道義，不然大家都別想混了。」

隔壁那中年人突然冷笑道：「做人要有自知之明，腿斷了就別再出來拋頭露面。不要弄得灰頭土臉，又斷了別的東西。」

血如冰怒道：「你說這什麼……」

方勝天攔著她：「血姑娘，這位仁兄說話實在。我要是之前有攢點錢，如今也不必出來搏人同情。可惜年輕氣盛，不懂得想，錢賺得快，花得也快。無道仙寨是個花錢的好地方呀。」

後廊門簾掀起，錢師爺走出來大聲道：「本門毛師叔祖駕到，師弟妹過來拜見。」門簾內走出一名六旬老者，身形微胖，相貌福態，看來像個富商員外。他來到廳上一站，不怒自威，隱隱散發出不動如山的氣勢，自是那一拳成名的毛眞了。方勝天拄著鐵拐，隨血如冰一同起身行禮，說道：「晚輩拜見毛老爺子。」另外那個中年人只是起身，冷冷打量毛眞，客套話都不說一句。

錢師爺不高興，喝道：「孫兄，你想學毛師叔祖的功夫，禮數總是要有的。咱們沒叫你跪下來磕頭拜師，已經很客氣了！」

那中年人冷冷道：「我付了五百兩，還要磕頭？」

錢師爺大怒：「有錢就是大爺嗎？你當這裡是春風院嗎？」

毛眞揚起左手，錢師爺立刻閉嘴。毛眞凝望中年人，語氣平淡地道：「閣下想學老夫的功夫，還請先報上名來。」

中年人見毛眞毫不受激，頗有前輩風範，終於依規矩抱拳行禮，自報姓名道：「我姓孫，名有道。」

血如冰秀眉微蹙，倒讓毛眞給瞧見了。毛眞微微一笑，對孫有道說：「閣下就是魏州孫家拳的傳人。孫家拳不傳外姓，流傳不廣，老夫至今無緣得見，聽說是門很霸道的功夫。」

孫有道神情得意，又有點佩服，說道：「難得毛老爺子聽說過我們孫家拳。」

毛眞點了點頭，轉向方勝天和血如冰。「兩位也請報上姓名。」

方勝天道：「弟子方勝天，之前學的是刀法，只因腿斷，刀招使不出來，特來向老爺子討教拳法。」

毛眞道：「七海遊龍的遊龍刀法著重快步走位，少了步法配合，刀招上的精妙處便使不出來。」

方勝天恭敬道：「老爺子所言甚是。」

毛眞轉向血如冰。血如冰道：「小女子姓血，名如冰，是山腳下做掮客買賣的。」

毛眞點頭：「聽說血掮客武功繁雜，博而不精，但見識頗有獨到之處。請問血姑娘，妳適才聽說孫有道名號，蹙了蹙眉頭，卻是爲何？」

血如冰瞧瞧孫有道，冷冷說道：「這位孫兄是梁王府的食客，我不知他來此有何企圖。」

毛眞、方勝天及錢師爺同時轉頭望向孫有道。孫有道冷笑一聲，問道：「怎麼樣？我認同梁王理念，願意助他一統天下，跟學武又有什麼關係？」

錢師爺道：「你若代表梁王府而來，那便有關。」

毛眞對血如冰道：「血姑娘消息靈通，連江湖人物在梁王府當食客都清楚？」

血如冰道：「我去年受到旁人牽連，遭遇過梁王府的人。雖然不算結下樑子，但總是對他們留上了神。我花了很多錢，調查梁王府食客名單，以免日後莫名其妙招惹上他們，很是麻煩。」

孫有道不悅：「說話客氣點。王爺天命所歸，終將登基大寶，招惹我們會有什麼麻煩？」

血如冰說：「本來江湖人士加入梁王府，幫助朱全忠統一天下，結束亂世，立意是好的。可惜朱全忠年紀大了，眼看統一不了天下，即便自立為王，終究結束不了亂世。你們這些食客無所適從，亂了方寸，爭權奪利，不擇手段，往往連自己在幹什麼都不清楚。惹上你們，怎麼會不麻煩？」

孫有道喝道：「我們所做的一切，都是為了天下蒼生。」

血如冰冷冷道：「最可怕的就是口口聲聲說爲了天下蒼生之人。」

孫有道大怒，撲向血如冰。方勝天單腳站立，穩如泰山，提起鐵拐，橫劈而出。那鐵拐不知多重，孫有道不敢硬接，只得翻身避過，於空中連轉三圈，穩穩落回原地。就看他一拳前，一拳後，拉開架勢，蓄勢待發。

毛真上前一步，擋在三人中間，說道：「三位是來學武，還是來打架的？」

方勝天鐵拐撐地，恭敬道：「晚輩放肆了。」

孫有道架勢不改，皺眉說道：「你們聽說我是梁王府來的，心中立刻起了敵意。這架還打不打，只怕由不得我。」

血如冰往毛真身旁一站，說道：「你若誠心學武，大家便好相處。你若另有目的，趁早說出來吧。」

孫有道見毛真不搭話，知道他也是同樣心思，於是收起雙拳，交握身後，一副世外高人的模樣，道：「王爺求才若渴，聽說洪荒派有神功，便遣在下來探。倘若神功屬實，王爺定將重金禮聘，延攬人才，共成大業，爲天下蒼生謀福利！」

毛真想也不想，說道：「就請孫先生回去告訴王爺……」

錢師爺連忙攔著他：「唉，師叔祖，先聽聽價錢。」

毛真問：「要先聽價錢嗎？」

錢師爺道：「師叔祖來到仙寨不久，不熟咱們的作風。不管回不回絕，先聽價錢再說。敢問孫先生，這重金禮聘是有多重呀？」

孫有道說：「那自然得先瞧瞧這粉身碎骨拳有多了不起了。倘若真是絕世武功，在戰場上一拳把人打成肉醬，可收先聲奪人、擾亂敵軍士氣之效，王爺允我出價千金，請毛老爺子入梁王府辦事。」

錢師爺眼睛一亮。「千金啊？」說著，轉向毛真，「那可跟無道神功的賞金一樣呀。」

孫有道忙說：「毛老爺子若是收了王爺的聘禮，自然不得再去參加無道神功大賽了。」

毛真搖頭：「孫先生此言差矣。既然錢都一樣，老夫自是去參加無道神功大賽；既有錢收，又不必給人當奴才。」

孫有道大怒：「你！」

錢師爺勸道：「師叔祖，但那無道神功大賽不是必勝，千兩賞金未必到得了手呀。」

毛真皺眉：「我的拳頭如此神妙，還不必勝嗎？」

錢師爺說：「神不神妙是一回事，你還得簡單好學，才能變成仙寨的招牌神功呀。」

毛真恍然大悟：「是呀。倘若只有我一個人會，那充其量也只是洪荒派的神功，不能當成無道仙寨的神功。」

孫有道不耐煩，喝道：「別那麼多廢話了。老傢伙，你先露一手神功瞧瞧。誰知道你的神功是不是無知鄉民瞎捧出來的，值不值得黃金千兩呀？」

毛貞揚眉：「咦？怎麼反過來了？是我要試你們功夫，看看有沒有資格跟我學藝，這下變成你要試我功夫了？」

孫有道一副高高在上的模樣：「你要不要賺千兩黃金？要就給我試演功夫！」

毛貞上前一步，問道：「你要試我的粉身碎骨拳？」

「沒錯！」

毛貞揚起拳頭，提到孫有道面前：「我這一拳下去，你就粉身碎骨了。」

孫有道忙道：「當然是找別人試，怎麼找我試？」

毛貞問：「你是要老夫抓個人來，打成肉醬給你看？」

孫有道說：「正是。」

毛貞大驚：「哇！你還是不是人啊？這種話你都說得出口？」

孫有道怒道：「你到底要不要示範？」

毛貞臉色一沉，再度上前一步。孫有道不由得退了一步。毛貞說：「示範。就拿你來示範。」

孫有道拉開跟適才一樣的孫家拳架勢，說道：「你不要亂來。把我打成肉醬，誰幫你送錢來？」

毛眞捻鬚笑道：「我把你的肉塊包成一包，送去給梁王，他自然會派人送錢過來，說不定還加碼。」

孫有道的額頭冒出冷汗，眨眼道：「王爺愛才……惜才……你殺了他的人，他不會放過你的。」

毛眞聳肩：「孫先生何必害怕？我瞧你適才那樣兒，不就認定我的粉身碎骨拳是欺世盜名的假神功嗎？說不定我打不過你的孫家拳呀。」

孫有道定力盡失，嘴唇抖動，顫聲道：「我……我爲王爺賣命，爲的是天下蒼生。就算死在你手下，也……也……」

「也太不值得啦。」毛眞見他嚇得不輕，正色說道：「你若眞爲天下蒼生，自然早有送命覺悟。然而爲何送命，你也得要有個譜啊。血姑娘說得沒錯，你們梁王府喪失了初衷，無所適從，如今行走江湖，也是領人薪餉，混口飯罷了。老夫若收你的錢，那是爲了不愁吃穿，不是爲了天下蒼生。孫先生，老夫送你一句不中聽的話：『天底下最危險的，就是口口聲聲說爲了天下蒼生之人。』你若繼續待在梁王府，早晚會被人打成肉醬。」

孫有道垂頭喪氣，想動手又不敢動手，想找點場面話來講，卻心虛到說不出口。

毛眞揮揮手道：「唉，不過你交了五百兩，老夫也不會讓你空手而回。現在我來試你的武功。出招吧。」

孫有道迷惘：「試武功？」

毛眞雙手交握在身後，一副不世出的高人模樣。「瞧瞧你的練武資質。放心，不會把你打成肉醬的。」

孫有道氣燄全消，遲疑了片刻，才恭敬地行禮道：「領教老爺子高招。」接著大喝一聲，中拳直進，使出孫家拳中最直截了當的招式，攻向毛眞胸口。

毛眞提臂橫擋，舉重若輕。孫有道雙拳齊下，出拳越來越快，宛如狂風暴雨般，攻向毛眞的胸腹穴道。毛眞出手緩慢，左擋右格，動作俐落，在孫有道的快拳下顯得游刃有餘，令旁觀之人難以費解他如何擋下眾多拳擊。那孫有道的孫家拳確有獨到之處，不但一拳快過一拳，還一拳猛過一拳，可謂拳拳到肉，虎虎生風。毛眞未落下風，但畢竟年紀大了。血如冰見他每擋一拳都爆出拳擊悶響，不禁為老人家擔起心來。

孫有道的快拳乃是越打越精神的拳法。他本來留有餘力，深怕把毛眞逼急了，使出粉身碎骨拳，害自己死無全屍，那可就不妙了。但此刻打得性起，犯了狠勁，毛眞又從頭到尾都在招架，始終沒有搶攻一招半式。孫有道心裡一悶，突然大喝一聲，踏出迷蹤步伐，使出孫家拳的絕招「群拳亂舞」，彷彿化身十幾顆拳頭，往毛眞身上打去。

血如冰驚呼一聲，忍不住想要上前助拳，卻感手心一緊，原來是被方勝天給拉住了。她轉頭看向方勝天，錯過了毛眞應對絕招的手法，只覺得眼前人影一晃，孫有道已經飛出數丈，撞上門旁木牆。總算毛眞力道拿捏得好，這一下沒把木牆給撞爛了。

孫有道自地上爬起，提拳意欲再戰，但見毛眞穩穩踏出馬步，右拳前，左拳後，擺出最粗淺的直拳架勢，偏偏渾身看不出半點破綻。片刻過後，孫有道收回雙拳，行禮說道：「老爺子拳法高明，姓孫的甘拜下風。」

毛眞收拳站定，笑道：「本派派名洪荒，武功原始豪放，你要跟我比猛，不太容易取勝。孫師父習武資質是有的，可惜你孫家拳祖先為了不傳外姓，略過許多容易讓人偷學的基本功不教，反而抑制了後輩的武學精進。你的武學修為只怕已經停滯數年，毫無長進了吧？」

孫有道神色慚愧，低頭道：「老爺子見多識廣，目光精準。晚輩確實……成就有限。我自認已將自家功夫練到極致，以為在江湖上難逢敵手。適才出言不遜，實在膽大妄為，請老爺子責罰。」

毛眞笑著說：「你都交了五百兩，罰什麼？你若不急著回王府覆命，便在仙寨盤桓三月。老夫也不教你高深功夫，就是一套洪荒派入門拳法。你見識見識別人家是怎麼練拳的，對自身修為定有幫助。」

孫有道忙道：「多謝前輩。」

毛眞命錢師爺帶孫有道下去安排住宿，接著來到方勝天面前，說：「方師傅，你的刀呢？」

方勝天道：「在下斷了腿，刀法十成中使不出三成，爲恐辱及師門，已經封刀了。」

毛眞點頭：「我瞧你這鐵拐杖使得倒還順手。」

方勝天提起拐杖：「防身小技。」

「客氣了。來耍耍。」

方勝天見毛眞適才出手，知道他武功高強，不亞於自己的全盛時期，是以毫不遲疑，也不留手，一揮鐵杖便展開攻勢。他以杖作刀，出招之間毫不馬虎，盡是遊龍刀法的招式。鐵杖沉重，方勝天內力也強，毛眞徒手招架不便，是以盡可能閃避，偶爾才會出掌招架。

方勝天連出數十招，心中越打越苦悶。本來他一招「東海西進」由右下劈向左上，緊接著踏步迴旋，補上一招「夕照彩霞」，兩刀一氣呵成，便是讓人左支右絀的殺招。當年，他曾靠這兩刀擊殺無數強敵，如今腳下不便，完全無法追擊，眼看殺敵良機一個個錯失，胸口苦悶到簡直要吐血。毛眞彷彿熟悉他的遊龍刀法，徹底看穿他的招式，每次招架閃躲都露出破綻，只要他換步追擊，便能取勝，偏偏就是無法追擊。打到後來，方勝天被毛眞誘得使出必須搭配輕功的絕招「龍遊七海」，提起內勁一躍而起，身在空中卻無法轉動，內息運轉不順，終於「啊」地一聲，吐出血來。

毛眞移行換位，在方勝天落地之前輕輕將他抱起，放到椅子上讓他坐下。他掌運功力，貼上方勝天的背心，一邊助他調息，一邊讓他排出喉頭淤血。片刻過後，方勝天的臉色恢復，毛貞這才收掌，走到方勝天面前，親切問道：「怎麼樣，舒服些了嗎？」

方勝天伸手擦拭嘴角鮮血，愣愣地說：「半年來的鬱悶……似乎都紓解了。」

毛貞笑道：「放不下過去的榮耀，走不出從前的陰霾，對你沒好處的。你的問題不在於功夫，而是心裡有結。只要化開這結，自然就能融會貫通，理解到遊龍刀法不是一定要跳來跳去才能使。」

方勝天凝望毛貞，疑道：「前輩爲何如此熟悉遊龍刀法？」

毛貞微笑：「那是我個人機緣，也是巧合。你能找上我，或許算緣分。住下吧，我教你一套內功口訣。你若天賦異稟，能夠領會，便能悟出遊龍刀法的最高境界。」

方勝天目光含淚：「多謝前輩！」

「五百兩不會讓你白花的。」毛貞又讓錢師爺帶方勝天下去，於是偏廳內只剩下血如冰一個外人。

毛貞笑盈盈地瞧著血如冰，問道：「血姑娘適才爲老夫擔心，想要出手相助。如此好心腸，怎麼能在仙寨裡當揹客呢？」

血如冰嘆口氣道：「我從前也以爲不能，是以抹去良知，幹過傷天害理之事。後來我遇上了些事，遇見幾個好人，終於知道這兩者並不衝突。不管身處什麼環境，想要本著良知做事，總是有辦法的。」

毛真在茶几旁坐下，倒了杯涼茶，一飲而盡。他盯著血如冰的臉蛋猛瞧，透露出輕薄無禮之意。他說：「血姑娘名不虛傳，果然是仙寨中難得一見的美人。老夫來到仙寨不久，也曾去那春風院玩過。院裡的姑娘，可不及血姑娘萬一。」

血如冰故作羞澀，低頭說道：「毛老爺子快人快語，一下子就把如冰的底都掀出來了。如冰能在仙寨中無往不利，實在也是靠臉吃飯呀。」

毛真凝望著她，卻似乎又瞧不透她。他笑道：「血姑娘果然厲害。老夫是不會小看妳的。老實說，妳花容月貌，當真讓老夫一見歡心。妳想學什麼，我都教妳了，但妳不會真的想學粉身碎骨拳吧？」

血如冰揚眉：「有何不可呢？」

毛真答：「那套功夫戾氣太重，不太適合血姑娘學習。」

血如冰換了話題：「毛老爺子，如冰有一事不明。」

毛真說：「問。」

血如冰問：「適才孫、方二位，你都試過功夫，也都想好要教他們什麼，爲何獨獨對我，沒有預設立場，只說什麼都教呢？」

毛真直言：「因爲我看不透姑娘來意，也識不破姑娘的難處。我沒有什麼剛好可以幫上妳的，只好等妳提出要求。姑娘花了五百兩，不會無所求吧？」

血如冰靠上椅背，蹙眉沉思。毛眞此人，絕不簡單。此刻尚看不出那粉身碎骨拳的眞假，但毛眞肯定是個深藏不露的高人。血如冰考慮直言來意，請毛眞示範神功眞假。但她畢竟在仙寨中打滾多年，深知人不可貌相。最高明的騙徒總是眞眞假假，方能以假亂眞。她說：「我想學粉身碎骨拳。」

毛眞點頭道：「這套拳法，不能速成，需有深厚內力爲根基。本派除了老夫之外，眼下只有傳給現任掌門人，也不知他學不學得會。血姑娘想學此拳，可得下點苦功。」

血如冰道：「我就是好奇怎麼能夠一拳把人打成肉醬，只要能懂得其中道理，練不成神功倒也無妨。」

毛眞笑道：「原來血姑娘求知若渴。很好，很好。」他步向後廊，撩起門簾。「那便請跟老夫來吧。」

第六章　探廳堂

血如冰跟著毛眞來到後廊，問道：「老爺子，這就要教我功夫嗎？」

毛眞搖頭：「帶妳去客房。」

血如冰愣著：「啊？我就住附近，晚上回家就行了。」

毛眞領她來到中院，面對兩側廂房道：「妳付了這麼多錢，理應包吃包住。備間客房，要幹什麼也方便些。」

血如冰不知他有何意圖，便問：「前面兩位不是都由那錢師爺帶去客房嗎？」

毛眞說：「我就是想把他支開，才好親自帶姑娘找間房。」

血如冰警覺：「老爺子意欲何爲？」

「姑娘不必多心，老夫沒有惡意。」毛眞笑道。「錢師爺是本派掌門人洪無畏的徒弟。此人心思縝密，辦事得力，有他服侍，老夫日子倒也過得逍遙。但我也不是第一天出來混了，自然知道他是掌門人派來監視我的。」

血如冰揚眉問道：「怎麼，洪無畏忌憚老爺子嗎？」

毛眞說：「他當了二十幾年掌門，一心致力於振興洪荒派。好不容易有點成就，卻突然冒出個多年不見的師叔，而這師叔還帶了失傳許久的師門神功回來。若是姑娘，妳忌不忌憚？」

血如冰點頭：「那是非忌憚不可了。」

毛眞穿越中院，避開不知道有沒有人在的廂房，繼續說道：「錢師爺在我面前畢恭畢敬，把我服侍得舒舒服服，但他對其師忠心耿耿，事事都會回報。孫有道代表梁王府而來，我雖拒絕了他，洪無畏卻未必會想拒絕。眼看朱全忠稱帝在即，無畏若想擴張洪荒派勢力，搭上梁王府就不會錯了。」

血如冰疑問：「當年朱全忠背叛黃巢，直接導致黃巢軍覆滅，而洪荒派之所以沒落，也跟朱全忠有很大關係，洪無畏會不計前嫌搭上他嗎？」

毛眞聳肩：「今日敵人，明日朋友。但或許是我想錯了，或許無畏會想混入梁王府，找機會刺殺朱全忠也未可知。」

血如冰說：「老爺子的推測眞是天南地北。」

毛眞笑：「老糊塗啦。這麼多年沒回來，我也不知道掌門人在想什麼。總之，錢師爺定會安排孫有道住在掌門人居所『天地居』旁的貴客房。至於方勝天，從前是號人物，但多半不會東山再起，錢師爺會帶他去住東廂的一般客房。」

血如冰問：「那我呢？」

毛貞道：「妳是貴客，住老夫隔壁。」

血如冰不知該如何應對。毛貞走過了中院，來到其後的「玄黃廳」，再出後門，便是洪荒派後院，掌門人及有職司的弟子居住之地。東廊中央的大房外掛有牌匾，名為「天地居」，乃掌門人住所。西廊中央的大房叫作「宇宙閣」，專為貴客準備，此刻為毛貞居所。毛貞領著血如冰走過宇宙閣，推開隔壁廂房房門，請血如冰進去。他說：「血姑娘先在此休息，老夫到前面授課，晚點再來找妳。」

血如冰問：「老爺子教拳嗎？我不用一起去學嗎？」

毛貞神情無奈，往前門一比：「練武場上一百多人，都是衝著粉身碎骨拳而來，我總得露個臉，讓大家覺得錢沒白花。此刻老夫就是洪荒派的門面，一切功夫都得做足，要不然我師姪會唸我老不死的白吃白喝。」

血如冰張口結舌，說道：「貴派的關係還真複雜。」

「混口飯吃。」毛貞往前房走去。「午後授課得練上兩個時辰。傍晚時分，請血姑娘來老夫房裡用膳。」

「啊？」血如冰還來不及多問，毛貞已經走遠了。

血如冰一人站在房中，空蕩蕩，陰森森的。此刻才未時，後院中安安靜靜，無人行走。

血如冰瞧瞧房內陳設，壓壓床鋪，開開衣櫃，來回踱步了幾圈，尋思：「毛老爺子說備間客房，辦事方便，此刻將我一個人丟在臥房，可不是要我去辦事嗎？莫非他知道我的來意？」她怎麼想都認爲不太可能，又想：「抑或他刻意誘我辦事，藉機查探我的來意？」她走到門口，看著空無一人的後院，以及對面廂房中央的天地居。「總不成一個下午都待在房裡，不如出門走走，探路也罷。」

她步出房門，左轉來到宇宙居。毛貞關了房門，沒關窗戶。血如冰確認四下無人，探頭往窗裡瞧了瞧，瞧不出個所以然。她考慮翻窗進去搜搜，但又想不出要搜些什麼。想起毛貞高人模樣，決定不要多生事端，反正晚上就能進去吃飯。

她故作閒適，步入後院，偷看各間房內景象。其中，掌門人住所天地居中有人影晃動。血如冰不敢多看，緩步晃向中院。她沿著中院把兩側廂房巡過一遍，卻沒見到方勝天的蹤跡，她想：「方兄行動不便，怎麼不待在房中休息？是了，他求勝心切，定是去練武場學功夫了。」

血如冰繼續前行，來到練武場。這時所有人都坐在地上，聽站在大門前的毛貞講述武功。毛貞講的是內功修習的入門呼吸法，講得頭頭是道，淺顯易懂，不過都是通用的初階法門，沒什麼獨家祕訣。初窺門徑的學生獲益良多，但對血如冰這種內功修爲已有根基之人，就沒什麼好聽的了。血如冰往場上掃過一遍，不見方勝天蹤影，心想他多半是感到無聊，出門打發時間去了。

血如冰返回中院，往僻靜處走，心想：「偷偷摸摸本是我的拿手好戲。要探洪無畏的天地居，方兄行動不便，根本幫不上忙，爲何我如此執意找他？是了，午後寂靜，樓影陰森，洪荒派內院散發出一股詭異之感，空氣中亦有淡淡血腥氣味。我說不出什麼實質危機，卻本能想要找個高手跟著。姑且不論那粉身碎骨拳是眞是假，光看毛老爺子出手，便知洪荒派武功不俗。小心爲上。小心爲上。」

血如冰跳出廊欄，來到廂房和外牆間的樹道，放輕腳步，挨著窗沿前進。屋角轉出一名弟子，持掃帚畚箕打掃落葉。血如冰墊牆上樹，隱身於樹枝之間。她自懷中取出一塊薄黑布，看準方位遮蔽身影，常人即使來到她藏身的樹下，不刻意找尋，是瞧不見她的。她耐心等候弟子掃完整條樹道離開，才收回黑布，輕巧地落回地面。

她躡手躡腳地接近天地居。那天地居是掌門人住所，位於一排廂房中央，共有一廳二房。血如冰貼牆掩到臥房窗外，依稀聽見門廳中有人聲。她微微探頭，只見正廳兩扇窗戶開著，窗內人影晃動，起碼有兩三個人在裡面。血如冰左顧右盼，思索後還是爬上對面大樹，伏在樹影之間。藏身妥當後，她運起內功，增強耳力，偷聽廳內之人說話。她內力並不深厚，對耳力幫助有限，幸好後院寂靜，勉強聽得清楚。

一人說道：「師父，這位就是梁王府的孫先生。」認出是錢師爺的嗓音。他的身影被牆壁擋住了，但另外兩人都在窗內景象中。除了孫有道之外，尚有一名五十來歲的壯漢，身穿錦衣，頭裏幅巾，氣度威嚴，頗有掌門人架勢，自是那洪無畏了。

孫有道抱拳行禮，說道：「在下孫有道，拜見洪掌門。」

洪無畏抱拳回禮，語氣客氣：「孫先生大駕光臨，本掌門未曾率眾迎接，實在失禮之至。聽說我師叔私下收了孫先生五百兩，那眞是成何體統？我這個師叔亂七八糟，又講不聽，還請先生莫見怪。」他轉向錢師爺道：「一會兒回帳房提五百兩出來，還給孫先生。」

孫有道忙道：「不用、不用！毛老爺子武功人品都令在下佩服。那五百兩是孝敬他老人家的。我還要留在這裡向他老人家討教功夫呢！」

洪無畏不悅：「原來孫先生已經著了那老頭子的道了。」

孫有道問：「洪掌門怎麼這麼說？」

洪無畏搖頭：「敢問孫先生此行，爲何而來？」

孫有道答：「實不相瞞，王爺聽說貴派『粉身碎骨拳』十分神奇，用於戰陣可收奇效，特遣在下前來打探這套武功的眞僞。」

洪無畏冷笑：「那老頭子演示給你看了嗎？」

「這……」

洪無畏道：「老頭子藏私心重，不會演示給你看的。他定是花言巧語，騙你跟他學另一套功夫，對吧？」

孫有道連忙搖手：「老爺子看出在下武功進展停滯，承諾開啓我的視野。這聽來不像是花言巧語呀。」

洪無畏點頭：「那老傢伙說話，總是頭頭是道。他目光精準，教人的功夫也都不假，問題在於他從不讓人得償所望。你跟他求什麼，他總給你另外一套東西。這半年來，所有上門求教的學生都想學粉身碎骨拳，你可曾見過有任何人學會的嗎？」

孫有道驚問：「難道洪掌門也不會嗎？」

洪無畏摸摸鬍子：「我身為本派掌門，按規矩，他不能不教我。這粉身碎骨拳既然是本門武功，我自然是會的。」

孫有道也摸摸下巴：「既然如此，洪掌門為何不教弟子呢？」

洪無畏神色高傲：「我初學乍練，自己尚不熟悉，如何教導弟子？待得日後我練熟了，自然會廣傳弟子。」

孫有道點頭：「原來洪掌門都還沒學會，那其他慕名而來的人沒學會，也就不足為奇了。」

洪無畏皺眉：「咦？孫先生是完全站在老頭子那邊啊？」

孫有道拍拍心口道：「我這個人很憑良心的。洪掌門開口閉口就是老頭子、老傢伙，對師門長輩毫無尊敬之心，這人品……要在下怎麼看呢？你們洪荒派裡面有多少恩怨，在下是外人，不懂，但毛老爺子可沒有半句編排洪掌門的不是啊。」

洪無畏臉現怒色，卻不便發作；他深吸了口氣，說道：「喔，原來是本掌門無禮，也難怪孫先生怪罪。是，我與毛師叔不和，大家都看得出來。我若此刻向孫先生陳述過往恩怨，倒顯得是我小心眼了。這麼說吧，我與毛師叔的恩怨就暫且放在一邊，孫先生想見識粉身碎骨拳的眞僞，本掌門這就示範給你看，如何？」

孫有道沒料到他會這麼說，愣了一愣才道：「甚好。敢問洪掌門是要找個人來打成肉醬給我看嗎？」

洪無畏伸手指向門廳另一側的書房：「請孫先生移步。」隨即帶路步入書房。

書房離血如冰藏身的大樹較遠，瞧不見也聽不著。她正想下樹靠近，旁邊書房外的樹上突飛來一顆小石，擊中血如冰臉旁的樹枝。血如冰嚇了一跳，立刻警覺，凝望樹上茂密枝葉，依稀看出有條人影。對方伸手輕輕撥開枝葉，露出臉來，對她使眼色搖頭，竟是七海遊龍方勝天。

血如冰訝異無比，尙未及反應，錢師爺已經來到下方門廳窗口，關起兩扇窗戶。血如冰心知方勝天投石是爲了警告她，避免她下樹後讓折返回來關窗的錢師爺發現。她吁了口氣，再度回頭看向隔壁那棵樹，只見對方神情專注，正側耳傾聽。方勝天內力強過血如冰，離得又比她近，或許還能聽見什麼。血如冰等待片刻，見他始終不動，終於沉不住氣，爬下樹來。

她迅速貼牆蹲下，順窗沿下方越過門廳，起身正要走向書房窗口，突然聽見遠方傳來腳步聲。她心驚之下，來不及反應，只見適才那名掃地的弟子已經轉過轉角，自前院方向返回。血如冰避無可避，只好故作閒適，假裝散步，漫不經心地朝那弟子走去。

那弟子手持掃帚畚箕，背上揹著裝滿落葉的竹簍。他打掃完畢，正要把工具放回柴房，沒想到會在圍牆樹道上遇見不認識的美貌姑娘。血如冰正對著他，迎面走去，嫣然笑道：「這位師兄，掃地呀？」

那弟子愣愣道：「是呀。請問姑娘……？」

血如冰說：「我是來跟毛老爺子學藝的。老爺子在忙，叫我自己打發時間。」

「這樣啊？」弟子瞧得呆了，掃把啪地一聲，摔在地上。他連忙撿起掃把，紅著臉道：「姑娘是住在中院廂房嗎？我帶妳回去吧。」

血如冰搖頭：「老爺子讓我住在宇宙閣旁呢。我自己認得路，不勞師兄費心。」

那弟子傻笑著走了。血如冰看著他離開，順勢抬頭看了方勝天藏身的大樹一眼。方勝天目瞪口呆地瞧著她，一副「這樣也行？」的模樣。血如冰笑了笑，回頭朝中院離去。

血如冰回到中院，隨即穿越玄黃廳，再度來到後院裡，打算正面路過天地居，偷看書房內的情況；還沒走到天地居，卻遇上錢師爺突然步出門外，差點跟他撞個正著。錢師爺先是一愣，繼而笑道：「血姑娘，我正在找妳呢。來來來，我帶妳去客房。」說著，反身帶上天地居的房門。

血如冰斜眼看向門內，來不及看見什麼。她說：「不用了。毛老爺子已經帶我去了。」

錢師爺問：「有這種事？」

血如冰往對面宇宙閣旁的客房一指。「就在那裡。」

錢師爺面露難色，沉吟道：「這……住到後院來啦？」

血如冰問他：「不行嗎？不好嗎？不方便嗎？」

錢師爺說：「也不是……只是我們一般都安排……這個外人……住在中院。」

「喔，那可能毛老爺子不當我是外人吧。」血如冰瞧瞧自己的客房，又說：「老爺子如此安排，定有深意。錢師兄堅持要我換房間嗎？」

「這嘛……」錢師爺那模樣，似乎打算堅持，但又不敢肯定。

血如冰微微皺眉，心想住在何處究竟有何差別？中院後院也沒差幾步路？

錢師爺眼珠轉動，瞧了她一眼，見她起疑，便即說道：「既然師叔祖親自安排了，那就這樣吧。血姑娘也是跑慣江湖之人，不需我多提醒什麼了。」

血如冰不明其意，淺淺一笑，轉身走回自己房裡。

第七章　孤身宴

血如冰回到房中，脫鞋上床，盤腿而坐，沉靜心思，修習內功。她半年來與玄日宗高手上官明月交好，閒暇之餘，上官明月也會指點她武功。她並非玄日宗弟子，按規矩，上官明月不能教她玄日宗的獨門內功「轉勁訣」，但她提點了血如冰不少修練內功的法門，也教她許多運轉內勁的途徑。血如冰師門「知博派」的內功並不高深，但如今她的內功修爲已經超越本門武學。

內息運轉數回之後，血如冰的思緒變得清明，開始判讀當前形勢，她想：「原來方兄跟我一樣，別有目的，只不知他盯上洪無畏又是爲了什麼？晚點當去找他問個清楚。兩人互相照應，就不怕了。話說，洪無畏要示範粉身碎骨拳，卻又不出天地居，總不成他書房中就備著讓他打成肉醬的人？若果眞如此，又爲何不聞慘叫聲。哼，看來他書房中定有古怪，怎生想個法子，溜進去查探才是。」

她繼續練功片刻，轉念又想：「毛眞武功高強，但究竟有多高，我也瞧不出來。唉，說到底，還是我武藝低微，看不懂門道，便無從判斷了。倘若他眞能一拳讓人粉身碎骨，那豈不是連大俠莊森都被他比下去了？不可能。這門神功肯定是假的。但他不肯示範，我又該如何揭穿他？一會兒吃飯，可得想個法子探探口風。」

她內力聚於丹田之中，散入四肢百骸；再聚，再散。如此反覆聚散，逐漸感到身體緊繃，彷彿吹皮球般，氣滿全身。上官明月說她面臨內力修練的關鍵，只要能夠突破此節，內功修為就會進入全新境界，可列高手之林。她近日只要一有空閒，就會勤練內功，期盼能夠早日突破這個關卡。如此不知練了多久，再度睜眼時，屋內已經陰影處處。天色昏暗，日落西山，再過不久，便需盞燈了。

門外傳來錢師爺的聲音：「血姑娘，師叔祖請妳去吃飯。」

血如冰下床穿鞋，然後隨錢師爺來到宇宙閣。毛眞在廳中擺下一桌酒菜，菜色豐富，兩人根本吃不完。血如冰朝毛眞行禮，說道：「老爺子設宴如此豐富，請我一人實在浪費，不如請孫、方二位一起來聚聚吧？」

毛眞呵呵笑道：「血姑娘，老夫德高望重，自然知道獨自宴請美貌姑娘不合規矩。孫、方二人，適才已經讓小錢去請了。只不過本派掌門也設宴天地居，正與孫有道商談合作事宜。至於方勝天……人不在房裡，小錢也找不到他，說不定自己出門吃飯去了。咱們今日初識，姑娘信不過老夫，也是情有可原。要不，就讓小錢留在房裡服侍姑娘吃飯。」

血如冰微微皺眉，轉頭看了錢師爺一眼，搖頭道：「我吃飯不習慣有人服侍，還是請錢師兄先出去吧。」

錢師爺告退，屋內剩下血、毛二人。血如冰拿起飯碗，幫毛眞盛飯，說道：「老爺子請如冰吃飯，不知有何指教？」

毛眞笑呵呵地接下飯碗，聞著飯香，滿臉陶醉，彷彿美女盛來的飯特別香。「什麼指教，血姑娘說笑了。老夫也就是想問清楚，血姑娘究竟爲何而來。」

血如冰盛好自己的飯，放在面前，未動筷，說道：「老爺子，如冰行走江湖多年，常被人騙，是以最怕的就是交淺言深。老爺子想探我虛實，可得套套交情才行。」

毛眞拿起筷子，笑著指指血如冰，隨即夾菜吃飯。血如冰每一道菜都見毛眞吃過，才動筷子去夾。那毛眞彷彿知曉她的心意，把桌上的每一盤菜都吃了一口，這才開口說道：「姑娘年紀輕輕，眞老江湖。既然如此，咱們便來套套交情。一人一問，互不吃虧。就請姑娘先問吧，妳想知道老夫什麼事嗎？」

血如冰想了想，問道：「不如話說從頭。敢問老爺子，當初爲何離開師門？莫非是跟掌門不合？」

毛眞捻鬚嘆息，遙想從前。「當年黃巢作亂，本派掌門乃是我大師兄，也就是現任掌門洪無畏之父，洪勇龍。洪師兄之所以會加入黃巢陣營，一來是看到李唐統治下諸多不公義之事，二來也是因爲本派多年來都被玄日宗踩在腳下。這悶氣悶得太久，我師兄想要趁著民亂勢大，滅掉玄日宗。」

血如冰揚眉：「貴派跟玄日宗有這麼大的仇恨？」

毛眞道：「玄日宗的武功奇高，百餘年來，江湖上能與玄日宗爭奪武林盟主的門派寥寥可數，其中少林派和天師道歷任掌門喜歡明哲保身，鮮少在玄武大會中出手，此外能與玄日宗爭雄的，大概就是我們洪荒派了。百年之前，玄日宗棄徒雨晨曦約了本派掌門洪開山私下比武。當年雨晨曦只是個在掌門爭奪戰中落敗的無名小子，洪開山根本不把他看在眼裡，話都沒留一句就出門比武，之後便沒再回來了。本派絕學『開劫碎難拳』，就在那一戰中失傳。此後，本門武學打了折扣，再難與玄日宗爭奪武林盟主。妳說這仇恨大是不大？」

血如冰聳肩：「這都過了一百年了。」

毛眞原以爲她會附和，沒想到她會這麼說，愣了一愣，說道：「那……黃巢之亂才過了……七十幾年，嗯。」

「那都七十幾……」血如冰搖頭，「好啦，江湖恩怨，也就是這麼回事。你說洪荒派打玄日宗？」

毛眞點頭，繼而搖頭：「我當時勸我師兄，不可加入民亂。倘若玄日宗率領武林群豪對抗黃巢軍，憑我們的功夫，可不是他們對手。我師兄因爲新仇舊恨，聽不進去，而我正好打探到線索，查出當年雨晨曦與洪開山決鬥之所。我想，若能循線找回開劫碎難拳的祕笈，提振本門武功，堂堂正正奪回武林盟主之位，那不是挺好的嗎？於是我告知師兄要出走遠行，當時鬧得很不愉快。其後天下大亂，我整天忙著逃命，自顧不暇，根本連找上那決鬥之所都辦不到。

「十年之後，我終於在深山某處隱密的洞府裡，找到雨晨曦的屍身，從他身上尋回開劫碎難拳祕笈。但當時黃巢早敗，洪荒派隨敗軍退入欲峰山，還剩下幾個人都不知道。無道仙寨開寨之初，一切都神祕至極，外界無從得知其內部處境。我思前想後，決定獨自在深山裡修練神功，待得神功大成，再下山來看看是要報仇，還是要揚名什麼的。只不過，當我下山時，已屆古稀之年，江湖上的老敵人、老朋友也都死得差不多了。說要揚名、要報仇，都有點提不起勁了。後來聽說洪荒派在仙寨中東山再起，我就跑來投靠了。」

血如冰問：「那粉身碎骨拳？」

「就是本門的開劫碎難拳。」毛眞點頭。「無畏說要參加無道神功大賽，得取個厲害的名字。老夫當然知道，他壓根就不相信那是失傳已久的開劫碎難拳，而他更擔心那眞的就是開劫碎難拳。他急著把神功賣掉，也是擔心老夫搶他掌門之位。其實我都這麼老了，還搶什麼掌門呢？」

血如冰說：「那……」

毛眞出手阻止她：「沒這麼便宜喔，血姑娘，該老夫發問了。」

血如冰臉一紅，點頭道：「老爺子請問。」

毛眞正色問：「敢問姑娘師承何處？」

血如冰微微皺眉，據實以告：「巴州知博派。」

毛眞眼睛一亮：「喔？這個門派沒落許久了呀。」他接著眉頭一皺，似乎想起什麼怪事。「我聽說半年之前，知博老人遭人一刀插爛下體而亡……當時血姑娘似乎人在巴州啊？」

血如冰凝神瞧他，冷冷問道：「老爺子連這等事情都知道？」

毛眞聳肩：「我派人查了一下姑娘。姑娘半年前獨闖玄南山剿匪，一時傳爲佳話，流傳甚廣。只沒想到妳還路過巴州，是另有要事嗎？」

血如冰沉默片刻，說道：「是，我師父是我殺的。」

毛眞揚眉：「這麼大的仇恨？」

血如冰冷道：「師徒間的恩怨，說不清楚的。」

毛眞道：「我怕妳弒師成狂，又來殺我。」

血如冰說：「老爺子又還沒教我功夫，我也沒拜你爲師。該我問了。敢問老爺子找我何事？」

毛眞反問：「找妳何事？」

血如冰道：「你刻意安排我住到近處，又派人打探我的背景。如冰怎麼看，都覺得老爺子是要跟我談生意。」

毛眞嘴角上揚，越揚越高，笑道：「血姑娘冰雪聰明，又生得花容月貌，全天下的好處都讓妳佔了。老夫若是年輕四十歲，定會拜倒在姑娘裙下。」

「請老爺子不要調笑，有話直說。」

毛眞站起身來，走入隔壁書房，片刻後取出一本簿冊，遞給血如冰。血如冰翻開書頁，見裡面記載了十幾個人名，有些見過，有些不識。最後三個人名分別是孫有道、方勝天和血如冰。大部分人名下都註記「已付五百兩」。

毛眞說明：「這是這兩個月來，所有付了五百兩求見我，要學功夫之人的名冊。」

血如冰點頭：「我見過。錢師爺在門口登記的那本。」

毛眞指著名冊：「他們都沒跟我學多久功夫就走了。」

血如冰問：「走了？」

毛眞道：「一個都沒留下來。」他指著名冊上一個名字，「練最久的是這位苗千手，綽號『千手大佛』，武功算得上是這些人裡最高的。他才練了十天，便不告而別。」

「不告而別？」

「全都不告而別。」毛眞神情正經。「剛開始是一兩個，我以爲他們畏苦怕難，是我教功夫太嚴厲所致，我還爲此自我檢討了數日。但是全部不告而別？心想這年頭，年輕人學功夫有這麼懶散嗎？我花了些工夫出外打探，其中幾個來歷清楚之人都沒有回家。總之呀，他們進了洪荒派之後，就再也沒有外面的人見過他們了。這事若是傳出去，可麻煩了。」

血如冰突然聽說此事，實在莫名其妙，問道：「老爺子是在懷疑？」

毛眞說：「他們大都被安排住在中院廂房，我懷疑那廂房中有什麼古怪。」

血如冰問：「你不會是說中院鬧鬼吧？」

毛眞瞧著她：「那也不無可能，但我擔心是有人擄走他們。」

「那爲什麼？」血如冰問，繼而想到：「老爺子特地要我住到後院來，便是因爲此事？」

「是呀。」毛眞走向茶几，倒了杯茶，回頭說道：「血姑娘聲名在外，雖不以調查疑案見長，仙寨中也鮮少有人會要妳去查疑案，但我見姑娘頭腦清楚，思緒過人，學武的資質又高，正是合作查案的不二人選。是以擅自決定，讓姑娘住過來了。此事複雜，今日午後初會，不便言明，還望姑娘莫怪。」

血如冰忍不住問：「你說我學武資質高？」

毛眞喝了口茶道：「恕老夫直言，貴派武功上不了檯面，血姑娘單憑自學，能把功夫練到這個地步，資質定是高的，若有名師指導，前途不可限量。」

血如冰聽他言下之意，似是當眞有意要傳她功夫。但她自小江湖走跳，旁人見她美貌，總是迷湯一碗接著一碗灌，她是不會輕易把他人的好話當眞的。她繼續問道：「但我尚未在老爺子面前出手過，你又如何得知我功夫練到什麼地步？」

毛眞道：「老夫適才結束授課，回到宇宙閣，本想找姑娘打聲招呼，但見姑娘閉目打坐，便沒打擾了。」

血如冰見他不再繼續往下說，片刻後才知他已說完了。她問：「然後呢？」

「嗯？」毛眞一副此事不須多說的模樣，解釋道：「我從姑娘呼吸吐納之間，聽出妳內功修練已到關鍵之處。只要突破此關，從此眼界大開，練功便能無往不利了。恭喜姑娘。」

血如冰訝異：「你從我的呼吸聲就聽出來了？」

毛眞笑：「是剛好妳練功練到關鍵，我才聽得出來。妳若功力稍有不足，那也沒什麼可聽的。怎麼樣，血姑娘，妳可願意幫我？」

血如冰瞧瞧毛眞，瞧瞧名冊，沉默不語。

毛眞誘之以利：「妳幫我，我教妳功夫。」

血如冰沉思片刻，說道：「老爺子，老實說，我不是來找你學功夫的。」

毛眞一副早就料到的模樣。「學學功夫也不錯呀。」

血如冰說：「我受人之託，前來打探那粉身碎骨拳究竟是不是眞功夫。」

「是眞功夫。」

「可否請老爺子演示給我看？」

「難。」毛眞面不改色。「這套武功殺氣太重，不宜示範。不如血姑娘來跟老夫比試比試，且看老夫一身功夫，需不需要靠假功夫招搖撞騙。」

血如冰躍躍欲試，但最後還是搖頭。「七海遊龍的功夫可比我強多了，連他都不是老爺子的對手，我自然也不必試了。」她玉手拍拍名冊，又道：「這麼多人下落不明，可不是小事。此事如冰管了。但盼事成後，老爺子能爲如冰講述那粉身碎骨……開劫碎難拳。若能知曉神功的運功道理，以及難在何處，如冰便能交差了。」

毛眞道：「成。說定了。」

血如冰問：「老爺子打算如何進行？」

毛眞指向後院對面的天地居。「老夫明查暗訪，知道天地居書房中定有暗門密道。一會兒我找個因頭，誘出掌門師姪，請姑娘偷溜進去瞧瞧。姑娘既是知博派傳人，自當精通暗夜潛行之道。」

血如冰本就想探天地居，如此安排甚得她意。她盯著眼前名冊，一個名字一個名字指去，說道：「千手大佛苗千手曾是刀客窟的知名刀客，與方勝天是過命的交情，方勝天洪荒派此行，多半是爲了調查他失蹤之事。」

毛眞微驚：「原來方師傅的來意也不單純？」

血如冰不想多提午後遭遇方勝天之事，只說：「無道仙寨，滿地騙徒，沒幾個人會爲了眞假不明的神功，花五百兩來求教的。這名冊上的人，多半各懷鬼胎，即便眞是爲了神功而來，八成也是想盜取祕笈。」她點出名冊上三個人名：「這三人都是仙寨中知名的大盜，我敢說他們是受人委託進來盜寶的。」她又指了另一個人名：「這位江老大是『全武行』的老闆，專做買賣武功祕笈的生意；之前跟我打過對台，不過我現在已經不做這種事了。」

毛眞神情佩服。「果然是要消息靈通的本地人才行呀。老夫初來乍到，瞪眼瞧著這名冊，都瞧不出古怪。」

「老爺子瞧不出，那錢師爺總有個底兒。」血如冰神色凝重，指著江老大旁邊的名字。「麻煩的是這傢伙，洛陽七怪的周容生。」

毛眞點頭：「我知道他是外地人，功夫不錯，上個月才來仙寨。他有什麼麻煩嗎？」

「他是梁王府的人。」

毛眞吃驚：「有這種事？」

血如冰秀眉緊蹙：「孫有道不是梁王府第一個派來的人。他此行除了試探老爺子之外，必定還要調查同夥失聯之事。倘若周容生遭遇不測，洪荒派可跟梁王府結下樑子了。」她凝望毛眞，問道：「老爺子，你懷疑掌門，可有什麼根據？」

「這……」毛眞遲疑，「毫無根據，就是覺得古怪。」

「那開劫碎難拳的拳譜，你是交給掌門了，還是自己收著？」

毛眞說：「在我師姪那裡。書房若有密室，多半藏於其中。」

血如冰深吸了口氣，闔上名冊，正色道：「老爺子，探這密室，風險不小，你若知道什麼，還請先行提點。」

毛眞道：「老夫回歸本派，不到半年，掌門表面上對我禮遇，實際上諸多提防。書房密室，我也只是懷疑而已，實在無從提點起。」

「嗯。」血如冰站起身來，「那就要探探才知道了。」

毛眞問：「這便探？」

血如冰想著午後方勝天在樹上投石警告她之事。那名冊上失蹤之人，對她來說，不過就是幾個名字，但方勝天與她有點交情。毛眞說找方勝天吃飯找不到人，可不要是他去探天地居而出了什麼事才好。血如冰說：「事不宜遲，這便探吧。」

毛眞出門，穿過後院，往天地居走去。

第八章　尋密室

血如冰隨毛眞出門，繞回自己房內，也不點燈，而是悄悄拉張椅子，在門旁坐著，隨即聽見毛眞在院子對面說道：「無畏，吃飽飯了嗎？陪老夫出門遛遛。唷？孫師傅也在？一起走走！」

天地居內傳來幾句問答，血如冰聽不眞切，倒也不太在乎。她除下上衣反穿，內裡布色較深，雖不是夜行黑衣，但臨時夜探密室也還能湊合。不一會兒工夫，後院腳步聲起，好幾個人一起往中院走去。血如冰聽見毛眞的嗓音：「這樣如何是好？咱們得去討公道！」跟著是洪無畏說：「師叔，如此惹事，會不會太霸道了些？」錢師爺卻說：「師父，師叔祖惹事，說不定有看頭呀！」一行人熱熱鬧鬧，轉眼走得遠了。

血如冰翻身出門，就著廊欄陰影，掩向天地居。天地居門外點了燈籠，門廳內有盞燈，兩側書房及臥房則黑壓壓的。大門外站了兩名弟子，靠著門柱相對閒聊。血如冰聽見一人扼腕說：「哎呀！師叔祖去找那無邪門討公道，我們卻得留在這裡看守天地居。萬一師叔祖使出粉身碎骨拳，那咱們不是錯過好戲了？」

另一名弟子道：「錯過什麼好戲？你多想看那血肉橫飛的模樣？這拳法連師父都還沒學

會，你說有多難學？」

先前的弟子道：「師兄，你有跟師父下去過呀，沒瞧他練過粉身碎骨拳嗎？」

那師兄道：「別老想著這麼血腥的功夫，先把麒麟拳練好再說。」

「不是，師父究竟能不能把人打成肉醬？」

「就跟你說還沒學會嘛！」

血如冰見前門不通，便即跳出廊欄，又繞到廂房後方樹道。此刻天色已黑，後院廂房除了天地居外，無一盞燈，住後院的弟子都還在膳房吃飯。血如冰擔心樹上躲著人，於是撿起幾塊小石，邊走邊往樹上丟，始終沒打到人。來到天地居後，推推書房窗戶，都從裡面上了扣。所幸門廳為求通風，沒關窗戶。血如冰探頭查看，瞧不見門外談天的兩名弟子，當即翻身入窗，輕巧落地，掩到書房門口，開門閃了進去。

她反身關上房門，暗自鬆了口氣；轉身要搜書房時，卻發現此間門窗盡掩，黑到難以視物。她躡手躡腳地來到後窗，取下窗栓，推開窗葉，就著灑入的月光，看清書房景象。書桌面對著內院窗戶，兩旁各有書櫃，牆上掛有不少字畫，看來頗像一回事。

血如冰心想：「洪荒派乃是小江湖裡第一大門派，常有弟子在外仗勢欺人；我總以為他們是一群大老粗，想不到掌門人的書房倒是風雅別緻，藏書不少。只不知那洪無畏是真的讀過，還是擺著好看？」她自書櫃上取下書冊，一本一本地輕輕翻閱，雖不期待真能找到「粉身碎骨拳」或「開劫碎難拳」的祕笈，但身在此間，總得翻翻。她邊翻邊想：「適才一路看來，所有房間都一般大，牆內不會有夾層。此間若有密室，定在地下。」

書房內能藏地面暗門的家具不多。血如冰使勁抬起書桌，放到一旁，露出其下一塊地板暗門。她手握門環，輕輕拉起一條縫，單眼湊上去瞧，只見台階往下，一片漆黑。血如冰深吸了口氣，拉開暗門，走下石階，反手關門。

她小心翼翼地往下走去，沒走幾步，便見到下方轉角傳來黯淡火光，顯見密室中有點燈火。她來到轉角，背貼石牆，迅速探頭偷看轉角後的景象，確定沒人看守後，她離開石階，轉入密室。

這間密室乃是外室，佔地約莫樓上書房加門廳。四面牆邊各有一火盆，火光不算明亮，但每個角落都能瞧得清楚。左邊地上有幾個蒲團，角落擺了個大水缸。右邊地上有大兵器架，放的兵器以刀劍爲主，但也有貌似刑具的軟鞭及切刀。兵器架旁有大石床、木架、鐐銬鎖鏈，那角落的火盆裡插有幾支烙鐵。一邊堆了幾座大型刑具，鐵籠皮帶、尖刀利爪，看不出確實用途，且收起沒在使用。對面牆上有扇大鐵門；鐵門緊閉，看不出通往何處。

血如冰往石室中央一站，環顧四周，想道：「此間既似牢獄刑房，又像個練武場。看來洪無畏在這下面可忙得很。話說掌門人要練功，何必躲到地底下練？」她突然聞到一陣血腥惡臭，心下噁心，皺眉尋去。只見那大石床及附近的地面潮濕，顯是剛剛用水刷洗過。地上積水骯髒，由於火光昏暗，也瞧不出是不是水。血如冰取出手絹，纏住口鼻，走過去檢視床旁的木架刑具。木架上固定手腳的鐵環邊緣，都有皮肉血跡，其後的石壁上則有大片噴濺血漬，水洗不淨，多半是反覆噴濺所致。

血如冰心生懼意，不禁擔心倘若事蹟敗露，自己落入洪無畏手中會有什麼下場。她想：「洪荒派設此刑房，不是一朝一夕之事。他們表面開堂授武，私底下做的是什麼買賣？我卻沒查探過。」她輕輕搖頭，轉向堆放在旁邊的無名刑具。「這些刑具此刻收起，之前定是散置在整間石室中。看來此地原是大刑房，後來才清空改作練武場，專供洪無畏習練那粉身碎骨拳。只不過練功歸練功，爲何搞得如此血腥？難道那粉身碎骨拳邪異至此，習練過程便得找人來打個粉身碎骨嗎？」

牆上有個一尺見方的大洞，顯是通風之用。洞下有口大木箱，惡臭便是從箱中傳來。血如冰於箱前佇立片刻，難以決定開不開箱。她猜想得到箱中會是什麼景象，但若不開此箱，又如何能夠認定？她長吁了口氣，推開箱蓋。

箱中有一具死屍，男人，神色驚恐，血肉模糊，右肩骨肉外露，沒有連著手臂。右臂剩下半截，擺在肚子上。血如冰克制不住，一陣噁心，奮力將湧入喉嚨的穢物吞回腹中。她撕下一塊裙襬，擦拭死者臉上血跡，辨識對方容貌。沒有見過。血如冰蓋上箱蓋，拔腿就跑，來到對面牆角水缸前，解開臉上手絹，往臉上潑水洗臉，又喝了好幾口水，努力擺脫那股揮之不去的屍氣。

血如冰喘了幾口氣，沉心思考：「洪無畏為了示範神功，竟然當眞打死此人給孫有道看？這究竟是什麼邪派功夫？難怪毛老爺子不肯傳授。然而，毛老爺子於深山練功時，是否也曾如此殘暴殺人？雖說無道仙寨是個人吃人的地方，洪無畏在自家地牢中殺幾個人，多半也無人會來追究，但為了練功殺人，未免駭人聽聞。此事我可得告知上官姊姊，想辦法阻止他才行。」

她一抬頭，看見牆上鐵門，心頭突然狂跳了一下。「在洪荒派中失蹤之人，莫非都遭受囚禁，被拿來練功了？」她拉開鐵門，門後是一條窄道，直挺挺地通往十餘丈外的另一扇鐵門。血如冰自火盆中拔出烙鐵充當火把，步入地道，戰戰兢兢地照亮地面及石壁，深怕有暗藏的機關。沒有機關。她來到地道盡頭，見那扇鐵門上有大鐵鎖，推之不動。她拿烙鐵在門附近照來照去，沒瞧見有放鑰匙的地方。那鐵門上有個窺視孔。血如冰湊眼上去看，黑壓壓一片，什麼也瞧不著。

血如冰心想：「依方向、距離，這門後便是中院廂房的地底。難不成中院廂房都有機關，夜裡直接就能把人擄下來？娘啊，這洪荒派是什麼玩意兒，當眞吃人不吐骨頭嗎？」她玉唇貼上門孔，壓低音量問道：「喂！有沒有人呀？」

門後一段距離外有個男人罵道：「洪荒派的惡賊！有膽子就跟老子一對一過招，如此趁夜暗算，不是英雄好漢！」

右邊更遠的地方又有人說：「這位姊姊！好姑娘！好奶奶！妳饒了小人吧！放我出去，我給妳做牛做馬！」

先前那人喝道：「貂老二，你有點骨氣！你大哥給打得剩不到半條命，你還指望他們饒過我們嗎？」

那貂老二還不死心：「好姑娘啊！我貂老二乃是知名神盜，什麼東西都弄得到手！妳放我走，我幫妳賣命呀！」

血如冰說：「各位，我不是洪荒派的人，我是來找在洪荒派失蹤的人的。這鐵門有鎖，我打不開，只好請各位再委屈一會兒。我出去找幫手，明日定能救出各位。」

貂老二哭道：「姑娘大恩大德！大恩大德啊！」

先前那人卻問：「敢問姑娘何人？如何得知我等失陷於洪荒派？」

血如冰道：「此乃險地，不宜久留，箇中詳情，等我救出各位再說。你們有多少人被關在裡面？有沒有背景雄厚，可以讓我去找人支援的？」

最初那人道：「此刻關在這裡的共有六人。兩個時辰前，那些禽獸提了『金刀無敵』梅狂東出去，到現在還沒回來。」

血如冰道：「他已經死了。屍體被收在外面。」

那人道：「那就剩五人。在下苗千手，是刀客窟的刀客。請姑娘幫我去刀客窟找人救援。刀客兄若不肯出人，妳就說我有三百兩積蓄可以雇人。但那得要救出我才能付錢了。」

血如冰「啊」了一聲，說：「苗兄無須擔心，七海遊龍方勝天已經混入洪荒派，定是為了相救苗兄而來。」

苗千手激動道：「方兄行動不便，竟然還為了我……眞義氣呀！姑娘，那洪無畏武功眞的高強，請姑娘千萬小心。」

血如冰退出地道，回到大密室，心想：「有刀客窟眾刀客相助，再找上官姊姊和血泉當舖的人手，洪荒派絕非對手。我得趕緊出去，趁夜聯絡，只盼今晚就能救出他們，別讓更多人慘死了。」

正要踏上石階，突然聽見木板呀呀作響，樓上書房的暗門被人拉開了。血如冰大驚，連忙奔向刑具石床，藏身於床邊陰影中，調節呼吸，默不作聲。傾聽片刻過後，血如冰發現對方腳步甚輕，躡手躡腳，若不是明知有人下來，她根本聽不出來。她臥倒在地，視線被石床擋著，看不清對方身影。只聽到叩叩聲響，似乎有人拿硬物敲牆。血如冰好奇心起，緩緩探頭，終於看見對方蹲在蒲團附近，面對牆壁，似乎在尋找什麼。

血如冰認出那是梁王府的孫有道。

孫有道放下手中匕首，自牆上拔出一塊活磚，從其後的牆洞中取出一本書冊。血如冰距離甚遠，瞧不見書上文字，只知道那便是孫有道要找的東西。孫有道將書塞入懷中，把磚頭塞回牆洞，隨即撿起匕首，走上石階。

血如冰待聽見暗門關上之後，立刻起身走到剛剛孫有道敲牆處。她取下孫有道適才取下的磚塊，檢視其後牆洞，只見裡面擺了好幾本書冊，都是洪荒派的武功祕笈——《麒麟拳》、《神龍掌》、《鳳凰劍》、《玄龜刀》。孫有道取走的是哪本神功，血如冰心中自然有底。她把祕笈放回去，填好磚，往上走，心想：「適才忘了問苗千手，那梁王府的周容生是否被關在裡面，也不知孫有道有否查出周容生的下落。無論如何，他偷了祕笈，一旦事發，必將大亂。本姑娘再不走，可會被人當作冤大頭了！」

她推開暗門，見書房中依然無人，立刻爬出密道，關上暗門，將書桌搬回原位。她關窗上栓，推開房門，見門廳中無人，便即跳窗離開，循原路回到宇宙閣旁的臥房。她喘了幾口氣，脫下外衣，換回正面穿戴整齊後，才推開房門，逕自往前院走去。一路上遇到幾名洪荒派弟子，不過都沒人理會她。她穿越練武場，來到洪荒派大門；左右兩名守門弟子回頭看她，其中之一認出她來，笑道：「哇！血姑娘？妳怎麼大駕光臨……來……來我們這兒呀？」

血如冰面不改色地道：「慕名而來呀。你們洪荒派這麼厲害，我來找毛老爺子討教討教。老爺子跟掌門人出門惹事，還沒回來嗎？」

那弟子道：「還沒呀。哈哈，那無邪門什麼角色，哪裡是我們掌門人的對手……」

內院突然有人敲起響鑼，大聲吼道：「有賊呀！有賊呀！大家快來抓賊呀！」

血如冰吃了一驚，愣在原地，與守門弟子大眼瞪小眼，一時間誰也沒有反應。血如冰嘴角抽動，正想講點什麼，另外一名守門弟子突然朝一名奔過練武場的弟子喝問：「什麼賊呀？」

那弟子邊跑邊回：「是個男的，好像翻牆出去了，快追呀！」

左邊的守門弟子拔腿就跑，意欲繞到巷子裡去圍堵盜賊，卻讓右邊的守門弟子一把攔下：「師兄，我們守門就是了，讓其他師兄弟去追。」他回頭看向血如冰：「血姑娘，本門擾亂，驚動姑娘，還請姑娘快走吧。」

血如冰笑道：「不打擾各位抓賊了。」說完，出門離去。

第九章　滅無邪

血如冰走出大門，朝南沿街而行。走過洪荒派院牆後，她立刻加快腳步，一心只想盡快離開小江湖，去找上官明月通風報信。她心想：「洪荒派丟失了神功祕笈，天知道會如何處置地牢中人。我若遲得片刻，害死苗千手他們，可就不好了。」

這時洪荒派弟子已經打起鑼來吆喝，並且散入大街小巷，四下都是抓賊之聲。三名弟子提著燈籠衝過血如冰身邊，血如冰順著他們奔跑的方向看去，卻見洪無畏、毛眞和錢師爺帶了好幾名弟子，遠遠走來。血如冰皺眉：「那錢師爺挺精明的。聽說派裡有賊，定會懷疑到我頭上來。我且避避風頭，別跟他們撞在一起。」眼看面前有一條小巷，她當機立斷，閃身入巷，藏身於牆邊陰影中偷看。

片刻過後，洪荒派一行人衝過巷口，血如冰聽見洪無畏大聲下令：「小錢，你帶五個人去把守路口，所有進出小江湖的人統統搜身！再派幾名弟子到後面去看住山壁，別讓他翻山跑了。剩下的人挨門挨派給我搜下去，務必把人找出來！」

血如冰眼看一行人跑得遠了，心想：「洪無畏好威風。挨門挨派搜下去，好像整個小江湖都是他的一樣。果眞如此，那無邪門又怎麼敢招惹他？哎呀，我還是快點走，別等錢師爺守住了路口，就不好走了。」正要出巷回到街上，突然裙襬遭人拉扯。血如冰吃了一驚，倘未回頭，一腳已經向後踢出。對方出掌抵住咽喉，及時擋下此腳，順勢後退，語氣迫切地道：「血姑娘！我是孫有道！」

血如冰身體後仰，探頭出巷外左顧右盼，確認左近無人，立刻向前彈出，抵住孫有道胸口，一把推入巷影中。她輕笑道：「孫師傅，才來半天，怎麼鬧這麼大事呀？」

孫有道輕輕拂開血如冰的玉掌，說道：「是呀，血姑娘。我鬧出事來了，人生地不熟，還請姑娘幫我脫身。」

血如冰嘴角上揚：「姑娘幫你，有什麼好處呢？」

「黃金百兩！」

血如冰搖頭：「孫師傅偷了人家神功祕笈……」

孫有道大驚：「妳怎麼知道？」

血如冰不理會他，繼續說道：「瞧這陣仗，是非抓你回去不可了。我若幫你，定逃不過同夥嫌疑。倘若落入他們手中，姑娘這條命可保不住啦。」

孫有道說：「妳不幫我，我就說妳是同夥。」

血如冰皺眉片刻，笑道：「既是同夥，祕笈拿出來瞧瞧。」

孫有道自懷中取出一本皺巴巴的祕笈，封面上寫著「開劫碎難拳」。他說：「現在不是瞧祕笈的時候，逃出去再說。」

血如冰見窄巷底端隱現火光，顯然沿山壁搜索的洪荒派弟子即將找來。她點頭道：「一會兒我問你什麼，你可得老實回答。」說著，向上一比，「翻牆。」兩人同時躍起。孫有道踏牆借力，一個筋斗翻過圍牆。血如冰體態輕盈，就這麼躍起，右手搭上牆頂，好似水鳥飛掠般，平躍牆頭，輕巧落地。

牆內是另外一個門派的練武場，佔地遠比洪荒派練武場小。此刻該派弟子聽見街上吆喝，紛紛跑出院子瞧熱鬧。孫有道和血如冰落地無聲，一看院子都是人，連忙矮身躲到牆邊的大水缸旁。血如冰稍等了片刻，看準機會，拉起孫有道往房舍後走。院中站了七、八個人，全都擠在門口，誰也沒瞧見他們。血如冰拉著孫有道，沿院牆穿越房舍，一路走到後院柴房，見左右無人，這才繞到柴房後面蹲下。

孫有道貼著柴房木牆，神色緊張地說道：「姑娘，咱們得逃出小江湖才行。躲在這裡可不是辦法。」

血如冰自柴堆中抄起一支細柴，在土上畫起地形圖，說道：「小江湖位於欲峰山西面山腳，原是一座大河谷，整個坊區坐落在河西岸，坊區西側乃是直上直下的峭壁，壁高約莫二十丈。」她說著，往上一比，後院院牆外不遠處就是她口中的峭壁，在月光下顯得光禿，果然直上直下。院牆外左右都有火光，照耀出晃動的人影，投射在峭壁上。想要攀壁離開，絕對會被發現。「真要爬，也不是爬不上去，就是有些玩命。」

孫有道面對峭壁，心下盤算，最後搖了搖頭，轉向血如冰。血如冰往前院一比，繼續說道：「坊區東側便是河道，水流不急也不深，徒步渡河並不困難。問題是渡河之後有大片碎石空地，不太可能不被發現。」她往南比。「南行出了坊區，便是谷口，那裡河道狹窄，路也不寬，錢師爺帶五名弟子守在那裡，盤查出入之人。咱們恐是無法混過去，然孫師傅武功高強，說不定可以突圍而出。只不過硬闖不牢靠，也說不準有多少追兵。況且本姑娘在仙寨是有名有姓的人物，倘若跟你一起闖出去，之後肯定後患無窮。你若想硬闖，便得自己闖，姑娘我不奉陪。」

孫有道嘆口氣道：「血姑娘，我人生地不熟，什麼主意都拿不出來。妳若有逃生之道，這便說出來吧。」

血如冰輕輕一笑，聲如銀鈴，問道：「你今日見識到粉身碎骨拳了？」

孫有道臉色一變：「妳怎麼知道？」

血如冰問：「這門功夫究竟是真是假？」

孫有道一副心有餘悸的模樣：「是真的，好恐怖。」

「說來聽聽。」血如冰走到柴房另一側，側耳傾聽。遠處大門外傳來吆喝聲，洪荒派的人粗聲粗氣地道：「別擋路，讓我們進去搜搜！」有人說：「你說搜就搜？小江湖可不是你們洪荒派的！」

孫有道好似沒有聽見前院的爭執，失魂落魄地說：「洪無畏帶我去書房密室，裡面關著人，專門拿來練功的。他……也不知是功力不夠，還是沒有練熟，一拳下去，並沒有把人打得粉身碎骨，但是……那人的右臂被一拳打飛，黏在牆上，血肉模糊……他肩膀骨頭都露出來了，半邊肺癱了，那叫聲……那叫聲……」

血如冰一面留意前院情勢，一邊問道：「你說地牢裡關了那許多人，都是用來練功的？」

孫有道茫然：「關了很多人嗎？我……我不知道。」

血如冰回頭瞪他：「你是不知道，還是不想知道？你們梁王府有人在洪荒派失蹤，你難道不是來打探他的下落？」

孫有道是老江湖，聽她道出自己此行祕密，立刻冷靜下來。他說：「血姑娘知道的真多。」

「碰巧。」血如冰揮揮手，招呼孫有道跟上，自己就著陰影，朝南側院牆掩去。「周容生混入洪荒派，是明查還是暗訪？」

「暗訪。」孫有道說。「洪無畏窩囊久了，一心只想攀附權貴。周兄若是明查，定能讓他以上賓之禮對待……唉，可惜他來暗訪，只怕已被拿去練拳了。」

血如冰矮身屋後，面對南牆，留意牆後動靜。「你不查清楚，便要去了？」

孫有道蹲在她身後，慚愧道：「姑娘沒有見識過粉身碎骨拳，不知道那是多可怕的功夫。人家擺明以生人練功，不知道已經打死多少人了。這些傢伙沒人性的，絕非王爺可用之人。在我看來，洪荒派是龍潭虎穴，隨時都有性命之憂。我既已偷到祕笈，自當立刻離去。」

前院有人說：「秦師傅，大家都是好鄰居。今日本派遭竊，你讓我搜搜小賊。日後你們出事，本派也會幫忙啊。」片刻後，有人回應：「也罷，就進來兩個人，讓我徒弟陪著搜，不要亂翻東西！」

血如冰說：「搜過來了。我們走吧。」

孫有道一把抓住她：「走去哪兒呀？」

血如冰比向後方峭壁：「莫看山壁高聳，其實都挖空了。欲峰山內地道處處，錯綜複雜，眞正的黑市好貨都在山洞裡。這一排門派依山壁而建，定有密道通往山中。」

「妳是不是瞎猜的呀？」

「不是啦。」血如冰見他擔憂，便說：「我知道無邪門裡肯定有。說起這個，洪無畏他們究竟去找無邪門惹什麼事？」

孫有道說：「好像是無邪門主說粉身碎骨拳是假功夫，洪荒派都是欺世盜名之徒什麼的？」

「哼，他們的無邪功也不是什麼高明功夫。」血如冰冷笑道。「走吧。隔壁不是巷道，翻過去又是另一個門派。沒記錯的話，是神武觀。」

孫有道率先翻牆。血如冰跟著躍起。她手才剛搭上牆頂，卻聽見孫有道在牆後叫道：「姑娘小心！」血如冰心中一驚，手上使力，嬌軀平飛丈餘，輕巧落地。身在空中時，她眼角瞥見下方有兩名男子，手持大網，抬頭盯著她看。牆邊另有一張大網，孫有道受困其中。

血如冰落地後雙掌齊出，攻向持網的兩人。那兩人共持一網，攤開來要網血如冰，但覺眼前紅影一閃，登時手臂痠軟，撒不出網。血如冰雙掌翻飛，勾動大網，將兩人纏於其中，隨即奔至牆邊，助孫有道脫身。

孫有道又叫：「姑娘小心！」

身後勁風來襲。血如冰身子疾旋，揮出玉掌，拍開身後之人的手臂。對方變招神速，看準血如冰上身要穴，連拍三掌。血如冰身法飄逸，連閃帶擋，轉眼間來到對手身後。對方轉身雖慢，出掌卻快，掌影翻飛間喝道：「且慢！」

血如冰雙掌交叉身前，擺出攻守兼備的架勢，凝力不發。對方身穿道袍，背後插了支拂塵，長鬚飄飄，扮相甚佳。他皺眉說道：「血如冰？」

血如冰站直收掌，笑道：「道光子。你二話不說，見人就打，這可不是待客之道呀。」

道光子搖頭：「客人不會翻牆進來。」

血如冰抱拳行禮：「牆我翻了，自當賠罪。但我不是來偷你東西，只是借你院子路過罷了。大家相識一場，借一借吧？」

道光子瞧瞧血如冰，又瞧瞧正自網中掙扎起身的孫有道，問道：「洪荒派這麼大陣仗，就是在搜捕你們嗎？」

血如冰比向孫有道。「是搜捕他。洪荒派不知道我在幫他脫身。」

道光子點頭：「把你們交給洪荒派，我這人情可做大了。」

「嗯。」血如冰也點頭：「不把我們交出去，掮客居也承你的情。你倒想想，你是要洪荒派欠你人情，還是要如冰欠你人情呢？」

這時神武觀大門也傳出敲門聲，洪荒派弟子大聲命令神武觀弟子開門。道光子流露厭惡之色，心想：「洪荒派像地方惡霸，仗勢欺人，老是不把我們這些小門派放在眼裡。洪無畏武功雖高，人品卻不好，不是做大事之人；他欠了人情，天知道會不會還。血如冰這半年來聲勢高漲，掮客居的生意越做越大；賣她人情，總不會錯的。況且，她花容月貌，瞧著賞心悅目，可比洪無畏那醜八怪順眼多啦。」他側身讓道，比了個「請」的手勢，問道：「血姑娘打算如何脫身？」

血如冰扶起孫有道，朝道光子問：「你們家有沒有通往山洞的地道？」

道光子搖頭：「沒有。是有打算要挖，正等著天工門派人來勘查地質。聽說隔壁無邪門有。」

血如冰經過道光子，往神武觀南側院牆走去。「是呀，我也聽說過，就不知道白老邪讓不讓我用。」

道光子和孫有道跟在血如冰身後。道光子說：「稍早聽到洪無畏跑去無邪門找碴，好像有打起來。白老邪此刻對洪無畏肯定恨得牙癢癢的。你們現在去找他，他多半樂意幫忙。」

「就怕他遭人毆打，心情欠佳。」血如冰站在牆前，回頭道：「道光子，今日不便久聊，如冰這就去了。日後有事，儘管來掮客居找我。告辭。」

孫有道和血如冰一前一後，再度翻牆。牆後地面濕滑，兩人都栽了個狗吃屎。孫有道唉呦一聲，急忙爬起，想不到雙手撐地時，觸手處軟軟黏黏，難以受力，因此再度摔倒。這一摔，整張臉貼到地上，血腥味撲鼻而來，腥得他不住乾嘔。

血如冰屁股著地，雙手後撐，連忙後退，打算先退到牆邊，再靠牆站起。想不到她右手一軟，摸到一條人腿，再退兩下，背靠牆壁，只見右邊躺著半具屍體，夜裡瞧不真切，但腰身以上空蕩蕩的，其後牆壁潮濕深紅，還黏了不少肉塊、碎骨。血如冰吃驚之下，右手抬起放下，竟然直插入屍體腹中。她情急縮腳，踢到一顆頭顱，骨碌碌地滾到孫有道臉前。血如冰五內翻騰，再也忍耐不住，哇地一聲，吐了出來。她一吐，孫有道也不忍了，兩個人就在屍堆中大吐特吐。

無邪門練武場上躺滿死屍，血泊遍地，骨肉四散，宛如地獄修羅場，沒有一具屍首堪稱全屍。血如冰驚嚇過度，吐到渾身脫力，癱在地上瑟瑟發抖。孫有道午後已讓粉身碎骨拳嚇過，吐過之後緩緩回神，勉強站起，走去要扶血如冰。便在此時，無邪門的大門被撞開，幾名洪荒派弟子提著燈籠奔入，接著洪無畏哈哈大笑，邁步進入無邪門練功場。

「哈哈哈哈！」洪無畏笑道：「孫師傅，想不到……」

突然間，哇聲四起，提燈籠的洪荒派弟子看清院內景象，紛紛吐了起來。門外擠了幾個看熱鬧的，也跟著狂噴猛吐。洪無畏皺眉，等他們吐了片刻之後，不可一世地說道：「各位武林同道想要見識粉身碎骨拳，今日就讓大家開開眼界！白老邪出言不遜，四處放話說咱們洪荒派的粉身碎骨拳是假功夫，不入流！老子迫於無奈，只好露一手給他瞧瞧！大家看到啦。無邪門今日滅在老子手上，那是他們咎由自取，可怨不了別人！」

門外越聚越多人，除了還在吐的，所有人都安安靜靜，不敢吭聲。

洪無畏率眾弟子來到孫、血二人面前，說道：「孫師傅，老子以貴客之禮待你，你卻來偷老子東西。你倒是說說看，這是什麼道理？」

孫有道啐道：「姓洪的，你草菅人命，以活人練拳，練出一身邪門武功，以爲天下英雄就會怕你了嗎？」

「胡說八道！」洪無畏一掌打脫孫有道的下顎，令其說不出話來，接著自其衣襟中掏出皺巴巴的神功祕笈，高舉過頭，對門外的人說：「各位，這姓孫的假裝學藝，卻來盜我神功。如今人贓俱獲，我拿他回去，合情合理！」

門外無人吭聲。

洪無畏又轉向血如冰。「聽說血姑娘能言善道，想不到是個沒見過市面的大草包，就這麼嚇到說不出話來了嗎？」

血如冰扶牆站起，冷冷問道：「你想怎麼樣？」

洪無畏哼了一聲：「你們兩個聯手盜我神功。道理站在我這邊，我想對妳怎麼樣都行。」

道光子擠出人群，踏入無邪門內，說道：「洪無畏！你不要太過分了！血姑娘是有頭有臉的人物，什麼叫怎麼樣都行？」

洪無畏臉色一沉，對弟子道：「把他們綁了。」

孫有道還想掙扎，血如冰對他搖頭。小江湖是洪荒派的地盤，若沒有暴露行蹤，還有機會逃脫，如今行蹤敗露，又是洪無畏親自帶隊，已毫無走脫可能。爲今之計，只有跟他回去，再做道理。料想毛真不會見死不救，且今日之事傳開後，上官明月定會盡快來援。血如冰雙手負在身後，任由洪荒弟子綑綁。孫有道無奈嘆息，也讓人綁了。

洪無畏得意洋洋，領頭走出無邪門。道光子在門旁說：「洪無畏，你若敢動血姑娘一根寒毛……」

洪無畏突然舉起右拳，嚇得門外眾人同時往後跳開。洪無畏哈哈大笑，拳頭對著道光子說：「粉身碎骨拳啊。無邪門的人就是證明。想試試就上來。無道仙寨是個比拳頭大的地方，你的拳頭有我大嗎？」

道光子氣餒，直到洪荒派一行人走出數丈外後才說：「你的拳頭也不是最大的！」

「比你大就行了。」洪無畏哈哈大笑，得意洋洋地返回洪荒派。

第十章　困牢籠

血如冰與孫有道被人押回洪荒派，入天地居，開暗門，下石階，來到地牢練武場。洪無畏命弟子在火盆內添炭加火，將孫有道銬上石床，血如冰綁上刑架。綁血如冰的弟子見她花容月貌，楚楚可憐，心下不忍，繩子都沒綁緊。孫有道就沒這麼好運了，兩個弟子把他壓在床上，連捶帶打，還沒用刑已然鼻青臉腫。

洪無畏來到石床旁，低頭盯著孫有道，冷笑道：「孫師傅，洪某人以上賓之禮相待，大魚大肉都擺上桌了，怎麼你扯我後腿，反咬我一口呢？咱們吃飯時不是聊得好好的嗎？」

孫有道啐出一口血來，洪無畏輕易避開。他惡狠狠地道：「你殺了梁王府的人，還妄想我們跟你合作？」

洪無畏皺眉：「我什麼時候殺過梁王府的人了？」

孫有道怒：「你殺人練功，還不承認？」

洪無畏說：「那也沒殺到梁王府的人呀。」

孫有道大罵：「洛陽七怪的周容生，難道不是被你殺了嗎？還是你殺人太多，根本不記得殺了誰？」

洪無畏轉頭對一名弟子說：「去看錢師爺回來沒，叫他帶帳本下來。」弟子得令而去。洪無畏瞧著孫有道片刻，決定暫不理會他，轉向血如冰。「血姑娘，久仰大名。敝派與掮客居向來井水不犯河水，想不到妳竟跑來偷我祕笈？聽說妳早就收起祕笈買賣的生意不做了，莫非又想重操舊業？」

血如冰笑道：「洪掌門誤會了，如冰不是來偷祕笈的。我只是回家時剛好遇上孫師傅迷了路，請我帶他離開小江湖罷了。」

洪無畏哈哈一笑：「血掮客能言善道，果然名不虛傳。好端端的大路不走，妳偏要翻牆到人家院子裡，敢問妳是怎麼帶路的？」

「人家路痴嘛。」

洪無畏突然動手甩了血如冰一巴掌，掌中沒運內力，但出手甚重，打得血如冰左臉通紅，嘴角滲血。她沒料到洪無畏說打便打，一時愣住，瞪大雙眼。

孫有道大叫：「洪無畏！偷祕笈的是我，不關血姑娘的事！你大男人欺負人家姑娘，算什麼好漢！」

洪無畏湊上前去細看血如冰紅通通的臉頰，輕輕伸手幫她拭去嘴角血滴，獰笑道：「好漢什麼的，老子早就不稀罕了。」他將沾了血的手指放到嘴裡吸吮，神情竟是說不出的愉悅。他盯著血如冰猛瞧，淫態畢露，說道：「從前跟著大王東征西討，殺人如麻，坐擁金山，享盡榮華。你當我什麼樣的男人沒殺過？什麼樣的女人沒玩過？人家說無道仙寨無法無天，那眞的是不知所謂。我們這輩子，風裡來，浪裡去，炎涼百態早就看透了。你跟我講法？跟我講天？跟我充好漢？哈哈哈！」他出手扣住血如冰的下顎，拉她正對自己，一嘴親吻上去。血如冰經驗老到，毫不抗拒，只待洪無畏舌頭入口，立刻便狠狠咬落。所幸洪無畏只是裝腔作勢，點到爲止，碰過嘴後立刻放開，也沒發現自己逃過一劫。他哈哈大笑，轉頭又對孫有道說：「告訴你，有錢就搶，有女人就玩！人生如此，快意十足，其他一切都是屁！」

孫有道怒問：「你是人還是畜牲啊？」

「孫師傅啊，孫師傅……」洪無畏上前拍拍他的臉，「當你能把人當成畜牲時，你就飛天啦！」

孫有道拚命掙扎，但手腳鐐銬十分牢靠，難以動彈。這時錢師爺帶著帳冊下來，走到洪無畏身旁，恭恭敬敬叫聲「師父」。洪無畏點了點頭，說道：「孫師傅問起一位洛陽七怪的周容生，你查查看。」

錢師爺翻開帳本道：「周容生是三個月前，最早花五百兩來學粉身碎骨拳的大爺。五百兩這個價錢就是由他定下的。他學了半個月，突然不告而別。」錢師爺皺眉回想：「當初毛師叔祖確實有教授這些財主大爺粉身碎骨拳，就不知他爲何學著學著就跑了。」

洪無畏側頭問他：「咱們有拿他來練拳嗎？」

錢師爺搖頭：「沒。師父拿人練拳是這兩個月的事，一早還沒那規矩。」

洪無畏又問：「周容生可有透露他是梁王府的人？」

錢師爺臉色一變，偷瞄孫有道一眼，又搖頭道：「沒。弟子不知他是梁王府的人。」

洪無畏不悅：「下次查清楚點！」

錢師爺神色吃痛：「師父，每天來這麼多人，一個一個查呀？洛陽七怪不就得跑洛陽去查？」

血如冰冷笑：「仙寨門路甚多，你多打聽打聽嘛，我都知道周容生是梁王府來的。」

錢師爺皺眉：「唉，血姑娘，妳是要害我被罵呀？」

血如冰眨眼：「我都被綁在這兒了，你給人罵幾句又怎麼樣？」

洪無畏不理會他們，對孫有道說：「孫師傅，老夫不知周容生是你們的人，也沒拿他練拳。你一早來問問就是了，何必搞這麼多誤會呢？弄到現在，我非殺了你不可，這不賤骨頭嗎？我還想跟朱全忠合作闖天下呢，這下全被你搞砸啦！」

孫有道啐道：「你為了練功，殘殺多少人？像你這種喪盡天良的傢伙，不配跟我們王爺合作！」

「我喪盡天良？」洪無畏自懷中抄出那本又皺又染血的祕笈。「你以為我喜歡？祕笈上寫了要這樣練功嘛！我告訴你，本派鎮派神功『開劫碎難拳』著重內功運勁，每一掌打出，都要視對手功力高低、武功家數，才能順利把人打成肉醬。我不找些武林高手來練拳，怎麼練得出你們要的什麼粉身碎骨拳呀？再說今日那傢伙……」他說著，指向旁邊裝屍體的大箱，「那什麼『金刀無敵』梅狂東。要不是你要看示範，也輪不到他今天死呀！他本來可以多活幾日，是你逼我殺人，還來編派我的不是？」

孫有道哼了一聲，喝道：「你為了練這邪門武功，究竟殺了多少人？」

洪無畏冷笑：「不多，五個。」他朝邊牆上的鐵門側了側頭，「那裡面還有五個，殺完就差不多練成啦。不過兩位知道這麼多，倒也不妨先來練練。」

孫有道問：「你還沒練成，就把無邪門給滅門成那樣？」

洪無畏哈哈大笑：「還無法收放自如。」

孫有道氣憤道：「他們不過說你功夫作假，有那麼大罪過嗎？」

「他們犯賤找死，正好拿來練拳。」

血如冰突然搖頭道：「你說粉身碎骨拳就是要這樣練功，難道毛老爺子也是濫殺無辜練出來的？」

洪無畏轉頭：「他既然練成了，自然是殺人練功。」

血如冰不信：「我不信！毛老爺子心地善良，照顧後輩，怎麼可能殘殺無辜？」

洪無畏突然大怒：「妳跟他很熟嗎？虧妳在無道仙寨混這麼久，還被那老頭騙得傻呼呼的！妳別看他一副世外高人的模樣，當初他在本門，什麼本事都沒有，就會招搖撞騙。我師父要加入大王的陣營，推翻暴政，姓毛的貪生怕死，獨自跑了！我們在外面打江山時，他幹什麼了？我師門長輩都讓玄日宗那些傢伙殺光了，他有放半個屁嗎？沒有！我在仙寨重建洪荒派，他有來幫忙嗎？沒有！現在好啦，本門形勢大好，開始賺錢，他就回來啦。亂世之中，日子有這麼好過的嗎？我呸！」

血如冰說：「要不是毛老爺子帶了粉身碎骨拳回來，你們有錢賺嗎？」

洪無畏上前又甩了她一耳光，狠道：「他回來之前，本門弟子已然破百，洪荒派就是小江湖第一大門派，妳說我不賺錢？」

孫有道見他又去打血如冰，連忙把話接過來：「門派不是人多就好，更不是人多就能賺錢。」

洪無畏突然一個筋斗翻到孫有道身上，猙獰大臉貼上前去，緩緩說道：「武林之中誰不知道想賺大錢就得走梁王府這條門路？孫師傅加入梁王府，不也是爲了錢嗎？」

孫有道一頭向上撞去，洪無畏又是一個筋斗，翻身下石床。孫有道罵道：「若不是爲了粉身碎骨拳，王爺哪裡會看上你們這個苟延殘喘的小門派？你殺了王府的人，還想走王府的門路？做夢！」

「就跟你說我沒殺！」洪無畏語氣無奈，跟著臉色陰森，舉起拳頭：「不過這回又非殺不可了。」

孫有道想起無邪門中的慘狀，心中突然感到說不出的恐懼。他嚥口水，說道：「你若沒殺周容生，把人找出來還給我便是。我……你殺了我，就是自斷梁王府的路。」

洪無畏笑道：「只要你不回王府亂說話，我帶著粉身碎骨拳去投靠梁王，一樣受到重用。」

孫有道定力不足，微微發起抖來。

血如冰大聲道：「毛老爺子不會讓你為所欲為的。」

洪無畏皺眉：「血姑娘似乎以為那個老廢物在洪荒派裡是號人物？」

「他住宇宙閣，不是嗎？」血如冰說。「洪荒派上百弟子，個個都知道你殺人練功嗎？無道仙寨雖然無法無天，有些事情總有個限度。發生在這地牢裡的事情，要是傳了出去，你這掌門的地位還牢不牢靠？」

洪無畏凝望著她，考慮片刻，朝後揮手：「小錢。」

錢師爺上前：「師父。」

洪無畏吩咐：「去牢房好好審問那五個傢伙，不要再有什麼梁王府、晉王府的人混在裡面。」

「是。那師父您？」

「我去找老頭談談。」

錢師爺一愣：「師父，要多帶幾名弟子同去嗎？」

洪無畏搖頭：「老頭就只是粉身碎骨拳厲害罷了，我治得了他。」說完，上石階離開密室，兩名弟子尾隨而去。錢師爺自牆邊雜物中翻出一支火把，就著火盆點燃了，然後開鐵門步入地道。

片刻過後，血如冰依稀聽見地道中傳來鐵門呀呀作響聲，心想：「原來地牢鑰匙在錢師爺身上。」

孫有道嘆了口氣，幽幽道：「對不起，血姑娘，是我連累了妳。」

血如冰不在意：「無妨。我查到洪無畏練功殺人，本來也打算對付他。」

孫有道訝異：「姑娘查到了？」

血如冰點頭：「是毛老爺子要我來查的。他察覺有人失蹤，知道事有蹊蹺。」

孫有道仰頭看她，說道：「血姑娘，說起毛老爺子，在下也是很佩服的。但那洪無畏說的也不無道理。大家今日初識，如何敢說毛老爺子心地善良，不會濫殺無辜？血姑娘如此相信，是否太一廂情願了點？」

血如冰笑道：「一廂情願方能挑起對立。新仇舊恨加在一起，洪無畏就得丟下咱們，去找毛老爺子談。如冰並不是說該相信毛老爺子，但至少眼下要殺咱們的不是他。想要逃出生天，還得著落在毛真身上。」

「原來如此。」孫有道微感佩服。「血姑娘年紀輕輕，卻臨危不亂，緊要關頭可比我強多了。」

血如冰也不謙虛，只說：「趁著沒人，掙扎掙扎。」

兩人各自掙扎，始終徒勞無功。孫有道的手腳被直接銬在石床上，難以施力，鐵銬晃都不晃一下。血如冰雙手繞過木樁，縛在身後，麻繩雖未綁緊，卻也十分牢固，掙扎間擦破皮膚，只弄得血跡斑斑。她腰間束有江懷才的金針暗器，貼著木樁勉強可觸發機括，但卻苦於找不到使用時機。適才若是將洪無畏射倒，自己卻無力脫身，只會換來洪荒派弟子一陣毆打。再說，洪無畏武功高強，江懷才金針上餵的麻藥有無用處，也不可知。

如此鬧了好一陣子，地道中又有鐵門轉動的聲響。血如冰與孫有道使了個眼色，安靜下來，停止掙扎。片刻後，錢師爺步出地道，關上密室牆壁鐵門。眼看他也要上樓離去，血如冰出聲喚他：「錢大哥，你要回去啦？」

錢師爺微一遲疑，朝血如冰二人走來，停步於一丈之外，問道：「血姑娘有事嗎？」

血如冰說：「你們全都走了，不必留人看守嗎？」

錢師爺搖頭：「地牢使用多年，從來也沒人跑走過。不勞血姑娘費心了。」

血如冰語氣嬌柔，幽幽嘆道：「唉，你師父好威風，好煞氣，不知道會怎麼對付如冰呢。」

錢師爺低下頭去，欲言又止，片刻方道：「這是姑娘咎由自取，錢某人也幫不了妳。頂多……我……」

血如冰問：「怎麼樣？」

錢師爺把心一橫，說道：「我幫妳弄顆毒藥，助姑娘自盡。」

血如冰吃了一驚，刻意慌張，顫聲問道：「怎麼……我會……求死不能嗎？」

錢師爺偏頭不看她，只說：「師父的癖好，我是不知道的。只是……從前有姑娘跟我求過解脫。這毒藥我也不是第一次弄了。血姑娘若有……」

孫有道氣急敗壞：「姓錢的！我爛命一條，死不足惜，但血姑娘是好人，你豈能見死不救？難道你跟你師父一樣，都是畜牲嗎？」

「我師父才不是畜牲！」錢師爺大喝一聲，隨即氣餒，嘆了一口氣。「師父他老人家爲了洪荒派做了好多犧牲。從前他爲了蒼生打天下，何等英雄，何等大義，是天下人不知感恩，辜負大王，辜負師父……我師父本是好人……師父他……是好人……」

血如冰輕聲細語，嗓音中多了一份魅力，此乃她血揞客的獨門神功，一般女子可學不會。她說：「錢大哥，你看著我。」

錢師爺不由自主地看向她。

血如冰擄獲他的目光，換上楚楚可憐的面貌，又說：「洪掌門是善是惡，如冰難以置評。但他要我求生不得，求死不能，難道錢大哥忍心嗎？」她幽幽嘆息，模樣淒苦，配上洪無畏打出來的掌印和血痕，足令天下男人盡生憐憫之心。「從前血掮客壞事做盡，會落得這個下場，也是罪有應得。只是……」她瞪大雙眼，淚光滾滾。「只是如冰還不想死啊。」

錢師爺讓她迷了心竅，愣愣說道：「血姑娘快別這麼說，妳怎麼會是壞人呢？妳也只是爲了過日子。」

血如冰落下兩行清淚：「我知道，我不能爲了過日子就掩蓋我所做過的壞事，正如洪掌門不能拿從前做過的義舉來爲如今的惡行開脫一樣。錢大哥……」她哽咽了一聲，勾動錢師爺的心弦。「如冰命苦，來不及多行善舉去彌補從前的過錯。倘若我逃不過此劫，還請錢大哥幫忙，上血泉當舖一趟，跟上官明月姊姊告知如冰的死訊。」

錢師爺如夢初醒，驚問：「上……上官明月？」

血如冰彷彿沒發現自己透露了什麼，繼續說：「如冰沒有親人，只有上官姊姊一個談得來的朋友。我若不明不白死去，淪爲亂葬谷的孤魂，姊姊發現我不見了，必定心急如焚……錢大哥，你幫我這個忙，好嗎？」

錢師爺手一鬆，帳本掉在地上。他連忙撿起帳本，問道：「上官明月是血姑娘的朋友嗎？她可知道妳來洪荒派？」

血如冰不再答話，只是自顧自地哭泣，越哭越傷心。錢師爺見問不出個所以然，心裡急了，便說：「血姑娘稍安勿躁，我……我上去看看。」說完，就一溜煙離開密室。

聽見地板暗門關閉的聲響，血如冰立刻止住啜泣，抬起頭來。孫有道仰頭看她，目瞪口呆；見她雙眼紅潤，卻又面帶微笑，忍不住問道：「這是迷魂大法嗎？」

血如冰噗哧笑出聲來：「傻啦，什麼迷魂大法？」

孫有道問：「那錢師爺向來精明，卻讓姑娘迷得神魂顛倒，這不是妖術嗎？」

血如冰搖頭：「那叫女人的眼淚。你不懂啦。」

「佩服，佩服。五體投地。」孫有道仰頭仰得痠了，癱回石床休息。「姑娘暗指與上官明月交好，爲何又不把話說明白？」

血如冰道：「說得太明白，人家會認定我拿上官姊姊的名號來威脅他們，搞不好會適得其反。說得神神祕祕，讓他們去擔心後果，說不定能有奇效。」

孫有道深以爲然，點頭又問：「那上官女俠眞的會來救姑娘嗎？」

血如冰笑得高深莫測，也不作答，只道：「咱們行走江湖，總不能老巴望著別人來救吧？」

孫有道慚愧：「我自以爲是老江湖，不把無道仙寨的人放在眼裡。適才求助姑娘，始終還是懷抱著輕視之心，想不到是我狗眼看人低，姑娘才是高人，我孫有道不過是條莽漢。」

血如冰笑道：「孫師父好會說話，如冰讓你捧得飄飄然呢。」

孫有道說：「捧也捧了，敢問血姑娘有何脫身之策？」

「咱們受困於此，也只能靠張嘴。」血如冰說。「魚餌都丟出去了，便耐心等候魚兒上鉤吧。」

第十一章　夜不寧

轉眼半個時辰過去。石床堅硬，孫有道躺得渾身痠痛，但畢竟是躺著。血如冰雙手讓木樁上的麻繩緊綑，站在原地無法休息，滋味可不好受。她屈膝想要蹲坐，雙臂扭到幾近斷折，只好唉呦一聲，站起身來，背靠木樁，兩腳撐直，盡量換個舒服的姿勢，心想：「孫有道躺得那麼舒服，一會兒若是睡著打鼾，本姑娘可要生氣了！莫名其妙，綁人的木樁有好幾根，刑床卻只有一座？有何道理讓姑娘站著，不是躺著？就算那洪無畏想辦事，也是我躺著方便吧？慘啦，慘啦，錢師爺說他師父有特殊癖好，莫非他就喜歡站著玩？他若真來玩我，說不得，這金針可得招呼在他身上了。」

她又扯動雙手，始終掙脫不開束縛。「他們都上去那麼久了，怎麼半天沒人下來？總不可能睏了去睡，讓本姑娘這麼站一晚上吧？」

孫有道不知她站累了，聽她碎動，只覺是她沉不住氣，於是找話說：「血姑娘今日一早認出在下來自梁王府，亦知周容生是王府之人，姑娘身在仙寨，對外面的事情倒也挺熟。」

血如冰本不想多提此事，但如今兩人命運與共，此刻又閒著沒事，便說：「如冰不熟天下事，但熟粱王府。只因去年吃過王府的虧，知道王府食客打著天下蒼生的義旗，什麼都幹得出來。爲了避免再度吃虧，如冰認爲有必要弄清楚哪些江湖人物在爲梁王辦事。我這麼說，沒冤枉你們吧？」

孫有道想說冤枉，又說不出口。他問：「王爺很少派人來無道仙寨，怎麼姑娘會吃王府的虧了？」

「我倒楣。」血如冰想起半年前遇上趙言嵐那天，心中五味雜陳。

孫有道回想：「去年王府只派了一隊人馬入仙寨辦事。事沒辦成，人也沒回來。這一年……不回王府的人越來越多了。」

血如冰知道那批人連同要辦之事，已盡數毀在趙言嵐手下，但她不知道趙言嵐此刻是否已公開與梁王府爲敵。既然對方不知，她也就不多提。她問：「那是爲什麼？難道孫師傅也有求去之心？」

孫有道嘆道：「我加入王府十年有餘。當初滿腔熱血，一心助王爺平定天下，讓百姓終於有好日子過。然而，自從王爺打入長安，屠戮宦官，削弱李克用實力，成爲無人能夠抗衡的第一節度使之後，他便一心只想謀朝篡位，不再處心積慮平定天下。他殺昭宗，屠九王，又在白馬驛砍了朝中文官，此刻已經在準備改朝換代，登基大寶。他大梁國取大唐而代之，天下形勢卻毫無改變。一樣是群雄割據，一樣動盪不安。天知道王爺當上皇帝之後，是會繼續發兵攻克天下，還是會開始剷除異己，坐穩大位，安享晚年？王爺年紀大了，大家看在眼裡，心中都有個底。此刻不走，更待何時？但大家多年的心血都耗在這裡，總還盼望著能有美好結局。我若能得『粉身碎骨拳』，讓眾食客練上一練，於戰場上施展，定能橫掃軍心，嚇得敵軍屁滾尿流。」

血如冰問：「即使粉身碎骨拳要濫殺無辜方能練成？」

孫有道緩緩搖頭：「這拳練不得。一切終究是場夢。血姑娘說咱們打著蒼生義旗，什麼都幹……其實從前不是那樣的。王爺失了初衷，咱們也亂了本心。到頭來，我一無是處，什麼也沒辦成……」

「快別這麼說。」血如冰道。「孫師傅不過四十來歲，來日方長。梁王府走不通，換個地方再來過。」

「換個地方？」孫有道問。「普天之下，還有誰能拯救蒼生呢？難道要投靠晉王府嗎？」

「你眼光放太遠了。收近一點。救不了天下蒼生，救救看得到的人。」

孫有道若有所悟，蹙眉沉思，好一會兒沒說話。

石階後傳來暗門開啟聲。孫、血二人對看了一眼，屏息以待。就聽有人急道：「錢師兄！師父說不准任何人下去。」接著是錢師爺的聲音：「我去瞧瞧犯人，莫讓他們跑了。」另一人說：「請師兄不要為難我們。師父最近脾氣不好……唉！師兄，師兄！」

下樓聲起，腳步雜沓，好幾個人一起奔下石階。轉眼間，石階底下轉出四人，錢師爺一馬當先，筆直走向血如冰。後面三名洪荒派弟子一邊追趕，一邊勸他：「師兄，這樣不合規矩！」「莫惹師父責罰！」「師兄，你擺明要惹事。三思啊！」

跟最緊的弟子，伸手抓向錢師爺後肩。錢師爺沉肩避過，轉身面對三人，拉開架式，左手麒麟拳，右手神龍掌。三名弟子大驚，紛紛後退一步，各自擺開架式。爲首的弟子道：「錢師兄，有話好說，莫要動手。」

錢師爺道：「師父爲求立威，無端滅了無邪門，還把他們全部打成肉醬。如今小江湖三十二派齊聚門外，要師父給交代。此刻外面群情激憤，要是讓他們發現本派私設地牢，殺人練功，還有不把咱們洪荒派給拆了的嗎？」

爲首的弟子道：「師父神功無敵，三十二派不會是他的對手。」

「你瘋啦？」錢師爺大喝。「三十二派有好幾百人。師父功夫再高，也犯不了眾怒！」弟子說：「洪荒弟子也有百人，跟他們打起來，不一定會輸。」

「正是爲了這上百弟子！」錢師爺道。「聽著，地牢囚禁無辜和師父殺人練功之事，只有我們這幾個老弟子知道，其他師弟毫不知情。難道你們要他們莫名其妙就這麼陪葬嗎？莫說三十二派了，血姑娘是玄日宗上官明月的好友，要是上官明月找上門來，師父都未必是她的對手。師父這幾年……倒行逆施，壞事做盡。我們這些做弟子的，不敢規勸師父，只眼睜睜看他……越來越……唉！總之，你們想救師父，現在就幫我放了這些人。」

為首的弟子搖頭：「師兄你糊塗了。放了他們，私設地牢和練功殺人的事不就傳出去了嗎？師兄若想幫師父，應當殺光他們，毀屍滅跡。」

錢師爺渾身一震，瞪眼看著為首的弟子，半晌說不出話來。他雙眼骨碌碌地轉動，然後突然轉身，奔向血如冰。

三名弟子一聲發喊，同時出手攻向錢師爺。錢師爺背後出腳，踢開一名弟子，隨即左右開弓，與另兩名弟子搏鬥起來。洪荒派武學源自上古洪荒，相傳是四大神獸傳予凡人的功夫。無論內外功，都大開大闔，原始殘暴，乃武林中第一流的高深功夫。錢師爺本是該派二代弟子中出類拔萃之人，若除去於黃巢之亂中戰死的師兄，他算是此刻二代弟子中的大師兄。洪無畏復派之後，將派中瑣事交給錢師爺打理，搞得他終日忙碌，沒多少時間練功，武功修為停滯許久。此刻他神龍掌對上麒麟拳，麒麟拳對上神龍掌，三人硬拚過招，爆出巨響，在密室中迴盪震耳。

錢師爺逼退兩人，嘴角滲血，左手繼續對付適才被他一腳踢開的弟子，右手自懷中拔出匕首，伺機逼近血如冰。被他拳掌逼退的兩名弟子，對看了一眼，奔向牆邊武器架，一人拔劍，一人抽刀，分別使出鳳凰劍法和玄龜刀法，自左右攻向錢師爺。錢師爺手忙腳亂，緩不出手來釋放血如冰，乾脆把心一橫，朝血如冰拋出匕首，喝道：「血姑娘！」

血如冰側頭閃避，便聽「嗔」地一聲，匕首插入她腦旁木樁。血如冰轉頭咬著刀柄，又

「嗔」地一聲，拔出匕首，隨即扭轉身軀，將匕首吐入自己遭縛的右掌中，反手握持，開始割麻繩。

使刀的弟子眼看血如冰即將脫困，連忙丟下錢師爺，提刀砍向血如冰。血如冰裙底出腿，後發先至，踢中洪荒弟子手腕，架開他的大刀，跟著又是一腳將其掃倒在地。她提起右腳，踏昏對方，割斷麻繩，舒展手腕，撿起大刀，加入戰團。

錢師爺手無寸鐵，又於一開打時受了內傷，本來早該敗陣；幸好使刀弟子跑去對付血如冰，這才以一對二，苦苦支撐。血如冰加入戰團，使開玲瓏刀法，接過使劍弟子的攻勢。洪荒派的鳳凰劍法取自浴火鳳凰，搭配絕妙輕功，長劍拖曳火辣勁風，威力奇大。可惜該弟子功夫沒練到家，火候不足，才使到第三劍，便讓血如冰的刀勢帶開，橫刀直進，刀鋒架到脖子上，連忙棄劍投降。

錢師爺點倒最後一名洪荒弟子，取麻繩跟血如冰一起將三人綁上木樁。「血姑娘，」錢師爺邊綁人邊說，「我師父忙著對付小江湖三十二派人馬，沒空來管你們。你們這就走吧。逃得越遠越好，最好離開仙寨，別讓我師父抓到了。」

血如冰指指孫有道。錢師爺取出鑰匙，打開石床鐐銬。孫有道下床，朝錢師爺拱手道謝，又問：「那周容生下落如何，錢兄弟當真不知？」

錢師爺搖頭：「我師父都要殺你滅口了，有何理由騙你這個？」

血如冰走向大鐵門。「地牢裡的人，我要統統帶走。」

錢師爺稍有遲疑，隨即揚起鑰匙，隨血如冰走向鐵門。三人來到門前，尚未開門，卻聽見門後地道深處傳來巨響，跟著是沉重鐵門落地之聲。三人吃驚，連忙貼牆散開，靜觀其變。沒過多久，腳步聲響，鐵門被推開，走出六個人來，正是苗千手等落難囚犯和毛眞。

「毛老爺子！」血如冰跳出來道。

毛眞大喜：「哎呀！血姑娘，妳逃出來啦？老夫正要來救妳呢！」

「多謝老爺子關心。」

毛眞看見錢師爺，說道：「小錢，你良心發現，來救血姑娘？」

錢師爺突然下跪：「師叔祖，本派有難，請師叔祖救命。請師叔祖救救我師父！」

毛眞面露難色。「無畏濫殺無辜，只怕救之不易。」

錢師爺含淚道：「請師叔祖救救洪荒派！」

毛眞上前扶起他。「怎麼救？你師父弄巧成拙，以爲把無邪門打成人間地獄，能夠揚名立威。如今洪荒派淪爲仙寨公敵，人人喊打，門口招牌都讓人拆下來了。除了來此救出囚犯，稍微彌補無畏之罪，防止情況繼續惡化之外，我還能怎麼救？」

錢師爺再度下跪，連磕三個頭，淚水直落，咬牙說道：「師叔祖，我們推舉你接任掌門，在三十二派面前，以門規家法懲處我師父，如此既能保住洪荒派，又能救我師父性命……」

毛眞問：「咱們門規家法如此鬆散，濫殺無辜都不必償命嗎？」

錢師爺說不出話，只是磕頭。血如冰看不下去，上前搭他肩膀，輕聲勸道：「錢大哥，好了。貴派日後如何，毛老爺子有分寸的。」

孫有道走到錢師爺的另一邊，與血如冰一同扶他起身。毛眞等他冷靜片刻後，說道：「咱們趕緊上去瞧瞧，別讓你師父又殺人了。」

一行人步上石階，走出暗門。夜深人不靜，洪荒派瀰漫著肅殺之氣，前院正門傳來陣陣叫罵聲。

第十二章　犯眾怒

毛眞趁洪無畏率領弟子在前院應付小江湖三十二派時，溜去苗千手之前住過的中院廂房詳加搜查，終於在床底下找到暗門。他潛入地牢，救出囚犯，在刑房會合血如冰等人，上樓出玄黃廳，隨即趕往前院。

眾人來到正廳門後，見前院練武場擠滿洪荒派弟子，門外則是數百名三十二派的人。雙方有人舉火把，有人提燈籠，火光中人影晃動，人聲喧嘩，好不熱鬧。

門外有個洪亮的聲音吼道：「洪無畏！你說的是人話不是？白老邪不過說你武功是假的，你就把無邪門十幾口人給殺光，老子現在叫你龜孫子，你要不要也來把我打成肉醬呀？」

洪無畏冷笑一聲：「陰閻羅，你陰風堂一直想跟洪荒派爭小江湖第一門派，這回可讓你逮到機會了。你有種就上來，我讓你嚐嚐粉身碎骨拳的厲害！」

今晚三十二派人都去過無邪門，見過粉身碎骨拳留下的地獄景象。要不是數百人聯合起來壯膽，只怕誰也不敢來找洪無畏大聲說話。然則各派掌門當街聚會，大家都說倘若無邪門被打成這樣，還置之不理，豈不讓洪荒派氣燄飛天了？日後大家都讓他踩在腳下，三十二派還要不要開門做生意？所謂眾志成城，加上無人願意在數百人面前示弱，只好一股腦兒地全殺來了。

一名老道推開陰閻羅，站在洪荒派門口說道：「洪兄，你武功高強，大家都是佩服的。但你恃強欺弱，總不是個道理。」

洪無畏插嘴：「廢話，無道仙寨本來就是恃強欺弱的地方。話說回來，清修道人，你好端端地在奇門街開六根觀，跑來小江湖湊什麼熱鬧？」

那清修道人乃天師道掌門太平眞人的師弟，曾入梁王府當食客，後因吃裡扒外，勾結玄日宗而被趕出來，之後便流落到無道仙寨。他說：「貧道道武雙修，既在奇門街開六根觀，又來小江湖掌天師門。各位道友，小號天師門不日開張，想學天師道武功的，不可錯過！」

人群中有人罵道：「清修道人，你要不要臉呀？咱們來討公道，你趁機收徒弟？」「什麼收徒弟？擺明是搶徒弟呀！這裡哪個不是已經入門拜師的徒弟？」「笑話，你徒弟要跟人家跑，那說明你沒本事，還怕人搶？」「天師道的武功可厲害了！據說當年掌門太平眞人還把天下第一的莊森大俠給教訓了一頓呢！」「那時莊森還不是天下第一吧？」「不管啦！清修道人這麼厲害，當然要出手教訓洪無畏啦！」「沒錯！清修，你幹掉洪無畏，我就跟你學武功！」「清修！清修！清修！清修！」

清修道人原本只想趁機露臉，宣傳武館，想不到卻被眾人逮到機會力拱。他在奇門街開了幾年六根觀，始終賺不到大錢，觀望小江湖已有一段時日，一直在找適當的時機開張武館。今晚用過晚飯，忽有道童回報，說起洪無畏濫殺無辜，激起小江湖公憤。清修看機不可失，連忙趕來湊這熱鬧。洪無畏號稱武功仙寨第一，不過仙寨中有此稱號之人，少說也有十來個，所以他不太放在心上。然則在見識到無邪門的慘狀之後，他就跟所有人一樣，心生膽怯，草草宣傳幾句便想離去。此刻既然被人拱了出來，他可不能當沒聽到，不然莫說開不了武館，就連六根觀的生意都會遭受波及。他是在梁王府歷練的老江湖，不會隨便於眾人面前打退堂鼓。就看他捻捻鬍鬚，咳嗽一聲，一副世外高人的模樣，笑道：「難得各位掌門如此看得起貧道，貧道也只好出來代表大家說話啦。洪掌門，這小江湖三十二派掌門的意思呢……」

原先代表眾掌門說話的陰閻羅，這下可不樂意了，喝道：「清修！什麼叫你代表三十二派掌門說話？你天師門尚未開張，就已經來跟老子搶地盤了嗎？」

清修連忙轉頭：「唉！陰掌門誤會啦，貧道絕無此意。你想代表大家說話，儘管說呀！」

人群裡有人冷言冷語：「清修道人好厲害，一句話沒說完，就把擔子卸下啦。」

陰閻羅邊怪自己搶話，邊道：「總之，洪荒派濫殺無辜，咱們街坊鄰居可不能不管！洪無畏，出來交代！」

洪無畏一步跨出洪荒派大門，三十二派群豪當即安靜下來，不少人還忍不住後退了一步。洪無畏語氣不屑，說道：「老子人便在此，你要怎麼交代？」

陰閻羅張嘴欲言，腦中卻閃過白老邪血肉模糊的屍身，一句話到嘴裡又嚥了回去。他轉頭望向清修，只見道人比了個「請」的手勢。陰閻羅把心一橫，喝道：「殺人償命，欠債還錢！你說得沒錯，無道仙寨是個恃強欺弱的地方。你跟白老邪不對盤，斃了他便是，又何必波及他的徒弟與家人？你既不講武德，就別怪大家以多欺少了！」

洪無畏哈哈大笑：「陰閻羅，你就這點出息嗎？跟我爭了這麼多年，如今卻怕到說要以多欺少，你有種就上來單挑，別叫你徒弟看笑話。」

陰閻羅吞了口口水，不敢單挑，卻又沒臉退卻。清修怕洪無畏挑完了陰閻羅又來找自己單挑，揚聲道：「洪無畏胡亂殺人，是條瘋狗！咱們跟瘋狗不必講規矩！陰兄，貧道同你共進退。」

三十二派掌門識趣，連忙揮手要徒弟後退，於洪荒派門外空出一塊空地，留陰閻羅和清修去面對洪無畏。洪無畏臉現殺氣，笑容不減，說道：「老實告訴你們，老子滅了無邪門就是為了立威！讓你們大家知道粉身碎骨拳的厲害。我洪無畏的武功天下第一，沒有你們說話的份。日後只要你們安守本份，別來跟我搶生意，老子不會對付你們；但若各位不守本份，硬要出頭，哼哼……」他右手握拳，舉在身前，「無邪門就是榜樣！」

陰閻羅摩拳擦掌，拉開架式，喝道：「天下第一個屁！我陰風堂的『十殿閻羅拳』施展開來，鬼哭神號，人神共懼。從來只有人怕我，沒有我怕人。」

清修道人「嗔」地一聲，拔出佩劍，火光下劍芒吞吐，無須揮劍，便散發出淩厲劍氣，嚇得人群中有好幾個人驚呼出聲。他當年吃裡扒外，被梁王府群豪囚禁，本來必死無疑，幸虧師兄太平眞人有義氣，夜探王府救他脫險。其後清修銳氣大挫，隱居無道仙寨，建六根觀，講道授課，販售靈丹，鮮少在人前施展武功。仙寨中人皆認他是正宗方士，不善武學，直到他此刻拔劍出鞘，才知道他眞是高手。就看他劍指洪無畏，冷冷說道：「人外有人，天外有天。洪掌門武功高強，大家是佩服的，但你要自封天下第一，只怕很多人不以爲然。你若執意指教，便來會會我這天行劍法。當年我師父替天行道，以此劍法斬妖除魔，你洪荒派也有不少上代長輩死在這套劍法下。」

眼看洪無畏出言反嗆，站在正廳門後看戲的毛眞，側身問血如冰：「老夫初來乍到，不明白仙寨的規矩，他們究竟是要比武，還是比賽說大話？」

血如冰道：「老爺子您有所不知，仙寨中人人都在假扮高人，誰也看不出其他人底細。本來嘛，能靠一張嘴嚇退對方，誰喜歡舞刀弄槍呢？即便弱如如冰，往外一站，也沒幾個人當眞敢對我動手。」

孫有道搖頭：「血姑娘謙虛了，妳一點也不弱。」

血如冰笑道：「有人喜歡裝腔作勢，有人喜歡故作嬌柔，總之，都是一個目的，就是不讓他人看穿斤兩。這三個人多半還要再聊一會兒才會開打。不過如冰納悶，洪無畏的粉身碎骨拳這麼厲害，又何必跟他們故弄玄虛？難道那十殿閻羅拳和天行劍法眞有如此威力嗎？」

苗千手武功高強，見多識廣，評論道：「洪無畏滅無邪門，就是爲了展現神功，嚇阻眾人。他遲遲不出手，多半是要求證此舉有無成效。他殘殺十幾個人，大家若還是不怕他的粉身碎骨拳，那無邪門不就白滅了嗎？」

血如冰點頭：「陰閻羅和清修道人還敢跟他說大話，都是因爲沒親眼見到他施展粉身碎骨拳。」

毛眞皺眉問：「見到十幾具屍體還不夠，一定要看他親手施展嗎？」

血如冰解釋：「近日選拔無道神功，仙寨處處有神功。有人能把人打成焦炭，但是衣衫無損；有人能把人打成冰柱，觸體生寒。問題是這些神功都有一個特點，就是只見屍體，不見神功。粉身碎骨拳的屍體駭人，但其他神功的屍體也不遑多讓。想要人家當眞，必須當眾出手。」她肩靠門框，望向大門。「洪無畏若在三十二派人面前，把陰閻羅和清修打到粉身碎骨，今後就不會再有人膽敢跟他作對。」

孫有道心慌：「他神功不假，我見識過了。」

血如冰點頭：「但他也說了神功尚未大成，能否對付眞正的高手，只怕他也沒把握。」

大話說得差不多，觀眾也不耐煩了，有人喝道：「廢話眞多，打是不打啊？」

眼見再不開打，就將顏面掃地，陰閻羅一聲尖嘯，踏出詭異步伐，化作陰風，攻向洪無畏。他的十殿閻羅拳分爲十套路，套套迥異，宛如十種截然不同的拳法。他忌憚粉身碎骨拳，擔心洪無畏內力強悍，難以招架，是以使出以牽引對手招式見長的「轉輪式」，每一拳都將洪無畏的勁道洩向一旁。

洪無畏宗師氣度，大開大闔，使出洪荒派流傳最廣的「麒麟拳」，每一拳揮出，都有風雷之勢，宛如麒麟猛獸，聲勢驚人。洪荒派上百弟子，人人學過麒麟拳，但又有誰打得出如此精彩的招式，如此威猛的力道呢？眾弟子看得幽遊神往，如痴如醉。本來有不少人覺得師父濫殺無辜，於理不合，打算一看苗頭不對，便找機會開溜，如今見到師父大展神威，都慶幸自己沒有投錯門派。

錢師爺皺起眉頭，嘆氣說道：「師父年紀大了，麒麟拳的威力不如從前。」

除了毛眞之外，站在正廳內的人全都轉頭看他。錢師爺見大家目光質疑，說道：「二十餘年前，本派隨大王東征西討，幾度遭遇玄日宗首腦人物，師父也沒敗給他們。退入無道仙寨後，師父爲了重振洪荒派，傳功毫不藏私。只可惜，本門武功高深，若非天賦奇才，極難學得精要。兩年之前，師父突然停止授課，讓我們幾個老弟子指導師弟武功。我們本以爲師父累了，想休息了，後來卻發現他每日都在地窖中練功，練得比從前更勤，卻不想讓弟子看見。那是在毛師叔祖回來之前的事，練的還不是粉身碎骨拳。」

苗千手問：「難道他練功出了什麼差錯？」

錢師爺搖頭：「這等事情，師父不說，咱們做弟子的也不好問。」

洪無畏雖然剛猛，陰閻羅卻也不露敗象。他的轉輪式陰邪詭異，兩條手臂彷彿沒有骨頭，好似短鞭甩將開來，將洪無畏的拳頭斜裡帶開。洪無畏心知今日之戰，貴在神速，倘若讓陰閻羅撐得太久，自己就算終究取勝，亦無法一舉壓下三十二派。他大喝一聲，運足功力，使出麒麟拳中的絕招「麒麟天下」，中拳直進，以難以閃躲的方位，捶向陰閻羅心口。陰閻羅轉輪稍慢，牽動不了拳勢，只能臨時變招，雙臂交叉，硬生生接下此拳。

就聽「碰」地一聲，陰閻羅連退三步，吐出一口鮮血。他深吸了口氣，甩甩雙拳，拉開架式，還要再戰。

清修道人自斜裡走出，擋在陰閻羅面前，朝洪無畏道：「洪荒武學，不同凡響，只不知洪掌門爲何遲遲不出粉身碎骨拳？」

洪無畏冷笑：「老子慈悲爲懷，念在大家武林同道，不想一出手就讓你們死無全屍。識相的快退下，今日就此作罷，我也不再計較。」

清修道人輕輕點頭：「素聞洪荒派鳳凰劍法如鳳凰展翅，火鳥沖天。今日貧道有幸，正好以劍會友。」

洪無畏反手招呼，有弟子呈上劍來。「道長打的主意倒好。你跟我比劍，便不怕我的粉身碎骨拳。」

清修道：「貧道既然被拱出來，總不能不露兩手就回去。掌門賜招吧。」

洪無畏拔劍出鞘，縱身搶攻，手中劍花點點，排山倒海而來。清修劍中藏道，以簡馭繁，彷彿巨浪中的孤舟般，順著浪頭起伏。黑夜之中，劍擊聲起，清脆不絕於耳，轉瞬間，不知已交手了多少劍。

孫有道長嘆一聲：「當年清修道人出賣王爺，被捕入監，王府的人都瞧不起他，以爲他毫無本事。今日一見，方知我是井底之蛙。憑他這手功夫，實乃王府一流高手。眞不知他爲何自毀前程，去跟李命同流合污？」

錢師爺卻嘆：「師父的劍也不如從前快了。」

血如冰早有話想問，此刻見他失魂落魄，便即問道：「錢大哥，你說你師父壞事做盡，究竟做了些什麼呢？」

錢師爺如夢初醒，搖頭道：「請恕在下不敢言師之過。」

人群中有人擔心清修不敵，突然拿起石塊拋向洪無畏。洪無畏勁灌全身，識敵甚速，當即緩出左手，接下石塊，拋回人群之中。投石之人一聲慘叫，肩頭中石，骨頭碎裂，鮮血四濺，弄得四周的人也跟著叫起來。「洪無畏！你來偷襲這套啊？」

洪荒派中有人回罵：「放屁！明明是他先偷襲！」

「媽的！洪荒派亂打人呀！」「什麼亂打人？根本濫殺無辜！」

「你們打不過我師父，就來陰的？」

「操！洪荒派不是東西！打他媽的！」

「你們想以多欺寡？我們洪荒弟子一個抵十個！你們才不是對手呢！」

「我操！」

「我才操！」

血如冰急道：「老爺子，要亂啦，我們快出去吧！」

這時才說，已經遲了。十餘名洪荒弟子湧出正門，也有許多各派人士翻牆進來。轉眼之間，牆裡牆外打得熱鬧，不少人血濺當場。

錢師爺衝入練武場，放聲大叫：「各位師弟快住手！不要打啦！住手啊！」一看沒人理他，連忙跑到毛眞面前。「師叔祖！你老人家德高望重，快出面調解呀！」

毛眞隨眾人衝入練武場，對苗千手使了個眼色，兩人一起縱身上牆，跳到大門頂上。他們正要運起獅吼功大叫，門外群豪中有幾個人也擠開人群，來到前方亂鬥處，邊擠邊吼：

「住手！住手！統統住手！」

洪無畏擔心弟子在混戰中寡不敵眾，於是搶先霸鬥，把幾個在門外爲首挑釁的弟子往後拉。清修看似游刃有餘，其實早落下風，一見洪無畏霸鬥，立刻跳出戰團，也去拉開三十二派群豪的人。片刻過後，雙方終於停手，之前擠出人群中央之人，開口說道：「各位朋友，請聽我一言。今晚無邪門白家少爺外出訪友，並未死在洪無畏手中！他此刻出面，就是爲了告發洪無畏的罪狀！」

雙方人群譁然，再度互罵起來。清修道人今日已露夠了臉，只想退下看戲。一聽此言，立刻轉向洪無畏，見洪無畏目露凶光，殺機四射，連忙擠往那白家少爺身邊。三十二派掌門中有點見識的，都是一般心思，迅速將白家少爺團團圍起，不讓洪無畏有機會殺人滅口。轉眼之間，雙方再度對峙，肅殺之氣更甚之前。

洪無畏見有幾名弟子躺在門外空地上哀號，側頭對身邊弟子道：「把受傷的弟子都抬回練武場。」接著又放聲朝門內說道：「把各派受傷的人都抬出來。」

三十二派的人默默看著洪荒弟子辦事，也不阻止他們。等到兩邊人都抬完之後，洪無畏揚聲對群豪道：「來呀！洪某在此，有何罪狀便說出來！」

適才說話之人，自身後拉出一名十六、七歲的錦衣少年，說道：「白公子，今日三十二派掌門人爲你主持公道。此人殺你全家，大言不慚，你就在大家面前，把他的醜事抖出來！」

白少爺滿臉淚痕，神色驚恐，一副少不更事，沒見過大場面的模樣。他面對眾人，唯唯諾諾，一時之間不敢開口。

洪無畏冷道：「小子，老夫殺你全家，絕不冤枉。這事我都認了，你還要告發什麼？所謂斬草除根，今日我若饒你不殺，日後鐵定麻煩。但看在眾家掌門的面子上，饒了你也成。你小子可別給我亂說話，若是胡亂栽贓，休怪我手下無情。」

群豪破口大罵：「洪無畏，你沒人性！當眾恐嚇，你當我們吃素嗎？」「好哇，姓洪的，你如此說話，定是心虛！」「沒錯！心裡有鬼！告訴你，白公子說什麼，老子就信什麼！」「他說你是兔子，你就是兔子！」「白公子，別怕他！叔叔伯伯給你撐腰！」

眾人安靜下來，白少爺鼓起勇氣，說道：「此事涉及……雙親隱私……我娘……我娘的名節，本來我是不該說的，但今晚無邪門遭逢大難，十三口人死無全屍。仙寨以拳頭定公理，洪無畏武功高強，難保不會全身而退。小子武藝低微，無以報仇，只好當眾說出洪無畏的醜事，讓他再無顏面做人！」

洪無畏叫道：「姓白的，我警告你不要含血噴人！」

白少爺神色凶狠，豁出去般：「噴你便噴你，怎樣？這血難道不是你讓我含的嗎？」

洪無畏拂袖轉身，往門內走去。「老子不必聽你在此胡言亂語！」

毛眞跳下門簷，輕輕落在洪無畏面前。洪無畏皺眉喝道：「老傢伙，你做什麼？」

毛眞道：「無畏，人家說你不是，你當虛心受教，不好拂然離去。」

洪無畏瞪大雙眼，鼻孔開闔，突然一掌往毛眞推出。毛眞反手架開，隨即連出三掌，抵擋洪無畏攻勢。迅速交手了數招，兩人四掌相對，各退一步。這時，白少爺已經開始大聲訴說他的罪狀。洪無畏錯過拂然離去的時機，只好轉過身去，面對群豪。

白少爺大聲道：「各位叔叔伯伯聽了，洪無畏色慾薰心，乃是絕代淫魔。三年之前，他與我娘私通！」

群豪譁然，不少人當場笑出聲來。「好哇！洪無畏，艷福不淺呀！」「白夫人是出了名的美人，大家都說白老邪是前世修來的福氣，想不到你這姓洪的，還眞上了人家！」「喔！原來你勾引大嫂！」「姓洪的專門勾引大嫂！」

洪無畏臉色鐵青，想要發飆，卻不知從何飆起。

白少爺繼續道：「我娘迫於他的淫威，雖幾度想要斷絕關係，卻始終讓他強行逼姦……」

洪無畏喝道：「你胡說！我跟少闇是兩情相悅！」

「放屁！白夫人會看上你？」「咦？這不好說呀。白老邪那麼老了。」「老怎麼著？老就不行嗎？」「嘖，我有點信了呀。白夫人貌美如花，大家都說他跟白老邪是鮮花牛糞。」

白少爺說：「本來他倆於地道私通，甚爲隱密，誰也發現不了。誰知道兩年之前，我爹……我爹無端得了花柳病，這才讓此事爆發出來。」

群豪再度譁然，所有人都聽得樂了。血如冰站在洪荒派大門旁，憋笑到快岔氣，連忙躲到門後去偷笑。只聽門外有人笑道：「洪無畏呀洪無畏，這就是你不對啦！」「有病就要醫呀。你傳給人家，如何是好？」「這下白夫人跳到黃河裡也洗不清啦。你怎麼這樣呀，你說？」「大家這麼說話，有失公道呀。難道不能是白老邪風流快活，招惹花柳回家嗎？」「你愛說笑呀？白老邪那麼老了，風流個屁？」「咦？你瞧不起老人家呀？」

洪無畏氣得滿臉通紅，青筋爆裂，大聲喝道：「你們給我住口！」

有個嗓門洪亮的男人叫道：「大家安靜！安靜！洪掌門有話要說。」一看洪無畏氣得發抖，挑釁道：「說呀！說呀！怎麼不說呢？有什麼冤枉你的地方，要說出來呀。」

「我……我……」洪無畏把心一橫，咬牙道：「那花柳病不是我傳給少閤的！」

群豪哈哈大笑，還有人鼓掌叫好。「哎呀！洪無畏，你是不是男人呀？」「這種話也說得出口？」「你是說白夫人傳給你的？」「這不像話！不像話唷！」「我的娘啊，樂死我了！」

白少爺卻說：「大家莫起鬨！花柳病是誰傳誰的，在下並不清楚，我只知道洪無畏得了花柳病，且病得不輕！」

洪無畏怒道：「小子，給我閉嘴！」

白少爺理直氣壯：「我爹都查清楚了！洪無畏病入膏肓，那話兒都爛掉啦！最後是找醫館巷巷尾的劉神醫切除，這才保住一命！我可沒說大話，洪無畏是閹人！各位若是不信，叫他當眾脫褲對質！他若還有寶貝，我姓白的自己把頭割給他！」

人群中還有人笑，但笑得稀稀落落，大部人聽到此言，都安靜下來，沒人起鬨要洪無畏脫褲。片刻後，有人道：「劉神醫兩年前無故失蹤，看來是給滅口啦。」

洪無畏臉部肌肉抽動，殺氣騰騰，離他近的人紛紛後退，深怕遭受波及。

白少爺繼續說：「洪無畏沒了寶貝，失心瘋了，恨上天下女子。兩年之間，他在仙寨中偷擄美貌姑娘，抓到地窖中折磨虐殺，受害者起碼三、四十人。這都是洪荒派自己人透露給我爹知道的，可不是我們信口瞎說。」他自懷中取出一張紙，高高舉起。「這是遇害女子名單，其中有二十一個是告發之人知道姓名的。其餘不知名的女子，也有相貌描述。各位若有心查證，只管拿去！」

陰閻羅上前接過名單，瞪大雙眼說道：「春……春花！」他轉向洪無畏，怒道：「春風院的春花失蹤年餘，原來是死在你的手上？」

洪無畏神色扭曲，冷冷說道：「你這傢伙，處處與我作對，她要當你相好，我還有不宰了她的嗎？」

此言一出，等於直承其事。群豪紛紛怒罵，洪荒派弟子則感顏面無光，不少人趁亂溜回房間，收拾細軟，準備開溜。血如冰回想適才洪無畏毆打自己的模樣，心有餘悸，轉頭看向錢師爺。錢師爺滿臉沮喪失望，淚眼汪汪地看著師父。血如冰湊到他身旁，輕聲問道：「錢大哥，是你把名單交給無邪門的嗎？」

錢師爺並未答話，只是瞪著門外，喃喃說道：「原來……怪不得師父武功不如從前，原來……原來他……」

苗千手見群豪亂罵一通，卻無人當真動手，心想時候到了，於是運起內力，高聲說道：「各位聽我說。洪無畏罪大惡極，不但殘殺女子，還囚禁武林同道，拿活人試招練功。我苗千手和這幾位大俠，都被他關在地牢裡一個月有餘了！他為了練他的粉身碎骨拳，已經殺了好幾個牢友！」

跟苗千手一同遭受囚禁的人，在他身後叫道：「洪無畏是畜牲！」「洪無畏吃狗屎！」「要不是毛老爺子出手搭救，我們也要死無全屍啦！」

洪無畏側身看向毛貞，然後將目光轉向苗千手，說：「本派粉身碎骨拳就是這麼練的。絕世武功，你們懂嗎？這都寫在祕笈裡面！」他指著毛貞：「老頭子，你別跟我裝無辜！你既然練了粉身碎骨拳，自然也有拿活人練功！」

毛貞滿臉無辜：「無畏，你說什麼？祕笈裡哪有寫活人練功？我們洪荒派乃是名門正派，豈有這等旁門左道的練功法門？師叔見你入了魔道，本想好言相勸，你卻胡言亂語，羞辱本門武學。」

洪無畏大怒：「你……你說什麼？祕笈明明是你給我的。白紙黑字，你還想狡賴嗎？小錢，去把祕笈拿來！」

洪無畏自孫有道手中奪回《開劫碎難拳》祕笈後，因祕笈沾染血漬，便交給錢師爺擦拭清理，尚未放回地牢牆內。錢師爺奔回房中，帶出祕笈，交給洪無畏。洪無畏怒氣沖沖，翻閱祕笈，隨即瞪大雙眼，越翻越心驚。他說：「這是什麼意思？這裡明明寫著要拿生人練拳，還詳細解說十人之間的內功差距。怎麼會……怎麼有……」他一把抓住錢師爺衣襟，怒道：「你！是你偷換了祕笈！你怨我不傳你神功，便自己偷偷抄錄，是不是？」

毛眞右掌斜切，推開洪無畏，指著祕笈道：「無畏，你聽聽自己在說什麼。這祕笈只有一本，便是我當初給你的那本。你是失心瘋了，還是走火入魔？竟然想出要拿活人練功？白公子說你凌虐女子，難道你虐殺成性，不殺人不快活？老夫若早知如此，絕不會把《開劫碎難拳》傳授給你。你……你……師叔的心好痛，你可知道？你殺了這許多人，還爲了桃色糾紛，滅了無邪門……這……唉，師叔的心好痛。」

洪無畏神情激動，瞪著毛眞，丟下手中祕笈，指著毛眞的鼻子，顫聲道：「好哇！老傢伙，果眞薑是老的辣。今日我玩不過你，也要跟你玉石俱焚！」他轉向三十二派群豪，說道：「各位聽好了！我根本不會粉身碎骨拳！無邪門的人不是我殺的！全是毛眞老頭把他們打成肉醬的！他說只要說是我幹的，就能揚名立威，成爲小江湖霸主。是我中了他的計！一切都是他指使的！」

苗千手站出來說：「洪掌門說話顛三倒四，做過的事又不敢認嗎？你說你不會粉身碎骨拳，我那幾個牢友明明被你打得血肉模糊，骨肉分離。你當大家都瞎的嗎？你說了一個晚上滅了無邪門，如今一句話就想賴到毛老爺子頭上，有那麼便宜的事嗎？我看你根本是個失心瘋怪物。不如你把褲子脫下來，大家一起看看你有沒有卵蛋！」

洪無畏怒不可抑，大叫：「我要你粉身碎骨！」一拳捶向苗千手。苗千手的武功本不在洪無畏之下，但他遭囚多日，身體虛弱，身手遠不如從前俐落。此刻見洪無畏的拳頭迎面來襲，他來不及迴身閃避，也難以變招架開，只能右掌擊出，迎接直拳。就聽見嘩啦一聲，苗千手的右手臂骨破肩而出，整條手臂化爲無數碎肉碎骨，濺撒在身後的牆壁和人身上。與苗千手一同遭囚的四人，跟他有患難交情，連忙迎上前去圍攻洪無畏。血如冰自後方抱住苗千手，踏步閃開洪無畏的追擊，拖著他退入門內。

「是粉身碎骨拳！洪無畏是大魔頭，大家並肩齊上，千萬別讓他跑了！」

三十二派的人，眼看洪無畏一拳擊碎苗千手的右臂，嚇得全都不敢動手，只是將打鬥的眾人團團圍住。那四名大俠，武功都不如苗千手，轉眼間已有兩人負傷，幸虧中的都不是粉身碎骨拳。血如冰放下苗千手，跟孫有道對看了一眼，正要加入戰團，卻見毛眞迎上前去。

「孽徒，今日老夫要清理門戶！」

洪無畏逼退眾人，迴身出腳，讓毛眞以左臂架住。洪無畏狠道：「死老頭，清得了你就清！」

洪荒派兩大高手就此開戰。洪無畏施展麒麟拳，縱躍進退，拳拳生風。毛眞年紀老邁，不能像他那般跳來跳去，便使出神龍掌應對，一雙肉掌好似游龍，每掌擊出，都有排山倒海之勢。群豪圍觀的圈子越退越大，一開始還有人起鬨叫好，但在見識到兩人的絕世武功之後，大家都安靜下來。不少人心裡都想，原來洪荒派武學如此精湛，幸虧自己剛剛沒有下場獻醜。

數十招過後，旁觀高手都看得出洪無畏敗象已露。他一個晚上連番劇鬥，早已深感疲憊，就算毛眞與他功力相若，此戰也是必敗無疑；而毛眞氣定神閒，留有餘力，內力可謂深不可測。洪無畏接他一掌，後退三步，喘息後再度撲上，邊打邊道：「死老頭，你當年被我爹趕出師門，早就不是洪荒派的人了！你不要以爲你趕我下台，便能執掌洪荒派。洪荒弟子不會服你的！」

「不服我，難道還服你嗎？你私德敗壞，眾叛親離，本派已經容你不下。乖乖束手就擒，我便饒你不死。你若執迷不悟，我只好在武林同道面前痛下殺手。」毛眞反掌成爪，握住洪無畏的手腕，順勢將他摔向人群。

洪無畏著地一滾，翻身而起，一出手竟扣住白少爺的咽喉。清修道人長劍一揮，劍尖抵在洪無畏額頭上。洪無畏冷冷瞪他，說道：「不想他死就收劍。」

清修道人並未收劍，直視著他。

血如冰一直站在孫有道和錢師爺中間觀戰。看到此刻，搖頭嘆息，說道：「洪無畏一代宗師，最後也淪落到抓人求生的地步。強弩之末，沒什麼好看的了。」她瞧瞧左邊，又瞧瞧右邊，孫有道和錢師爺分別轉頭看她。血如冰微笑：「兩位大哥知道揹客居在哪裡嗎？」

兩人點頭。

「如冰倦了，要回去了。」血如冰說著，轉向街頭。「此事若能就此收場，自然最好。若有餘波，還請兩位大哥去揹客居相見。」說完，提步要走。

孫有道忙問：「血姑娘不看到底嗎？」

血如冰邊走邊搖頭。「沒眞相的事，看不到底的。兩位大哥保重。」

第十三章 風雲起

「上官姊，江湖好難混呀。」血如冰坐在揖客居外堂，右手靠桌，捧著臉蛋，一副慵懶無力的模樣。「有些事，我好希望自己沒見過，沒聽過。有時見多識廣並非好事。」

上官明月隔桌坐在對面，提壺倒茶，說道：「既然如此，便忘了吧。」

血如冰瞪眼道：「說得那麼容易，能說忘就忘的嗎？」

上官明月放下茶壺，拿起茶杯，於嘴前吹氣，問她：「妳是在說江湖，還是在說男人？」

血如冰瞧了她片刻，啪嗒一聲，整顆腦袋摔在桌上，蒙著頭說：「哎唷，煩啊！」

上官明月聞聞茶香，滿意輕笑。「妳的意中人不在仙寨。妳不離開仙寨，找不到他的。」

血如冰窩在自己的臂彎裡，愣了片刻，喃喃說道：「意中人什麼的，日子久了也就淡了。我們江湖兒女，心裡總會有個意中人。若沒遇上取代他的人，夜深人靜，便會想想。」

上官明月問她：「無道仙寨裡奇人高手多如牛毛，妳都沒遇上個好的嗎？」

血如冰嘆：「曾經滄海難爲水。」

「嗯。」上官明月輕笑。「是呀。曾經滄海難爲水呀。」

血如冰推著桌面，坐起身來，搖頭道：「可我在說江湖，不是說男人。我只是感慨，有些事情知道表面就好了，眞相不要硬挖，挖多了沒好處。」

上官明月幫血如冰倒茶。「所以照妳說，粉身碎骨拳是眞的？」

「看來不假。」血如冰搖頭又說：「可惜還是沒人親眼見過誰被打成肉醬。苗千手的右臂被洪無畏一拳擊碎，在場數百人都有看到，也都信了那是粉身碎骨拳。但眞說起來，一拳打碎手臂骨骼，只要算準方位，拳力剛猛的高手都辦得到。」

「無邪門那十三具屍首呢？」

「大家都只看到屍首，沒趕上動手時。」血如冰稍停片刻，嘆氣道：「就連是洪無畏還是毛眞打的，都無法肯定。」

上官明月揚眉：「我聽說是洪無畏打的？」

血如冰點頭：「那是洪無畏自己說的，但他最後也說人是毛眞殺的。沒人信他。」

「爲什麼不信？」

「認定一個罪證確鑿的壞人，對大家都方便。」血如冰說。「洪無畏長久以來作威作福，得罪太多人，又被揭發殘殺女子之事，小江湖的人只想除之而後快。毛眞回歸洪荒派後，除了帶回一門絕世武功之外，並無其他作爲。由他接掌洪荒派，只是洪荒派內之事，與他人無關。加上他武功高強，制得了洪無畏，大家樂得讓他主持公道，自然假裝聽不見。」

「妳擔心他嗎？」

血如冰再度垂頭，看著眼前的茶杯，輕聲道：「我只盼他表裡如一，安份守己，好好當他的慈祥長輩，即便另有所圖……」血如冰沉默片刻，繼續道：「也盼能不關我的事。」

上官明月笑道：「閒事太多，等有理由管時再去管吧。」她食指輕敲桌面，若有所思地道：「我聽師父提起過洪荒派的開劫渡難拳。這套拳法失傳超過百年，師父他老人家也沒見過。據他所知，開劫渡難拳威力奇大，眞有粉身碎骨之效。不過那套拳法需要有高深內力爲根基，一般弟子學不來，是以洪荒派歷代以該拳法成名的高手不多，會失傳也是意料中事。倘若毛眞帶回的眞是開劫渡難拳，而他又練成了，那他的功力不會在我之下。看來今晚的無道神功大會可有趣了。」她抬頭問：「妳會來吧？」

「來，有熱鬧看怎麼不來？」

上官明月告別血如冰，逕自準備當晚的無道神功大會。血如冰又坐了一會兒，眉頭越鎖越深，終至搖頭嘆氣，出門到前院走走。三十二派團圍洪荒已是半個月前之事。洪無畏經脈俱斷，成了廢人，被洪荒派收進地牢囚禁。毛眞接掌洪荒派，約束弟子，勤加授課，半個月來不惹是非，三十二派也沒人上門找碴。苗千手傷勢嚴重，被抬到醫館巷找好幾個神醫醫治，花光畢生積蓄，還讓血如冰貼了二百兩，才終於保住性命。孫有道失去了對梁王府的信念，人生茫茫，暫時留在洪荒派，跟著毛眞學藝。其餘遭洪無畏囚禁的江湖人士，則各自散去，迫不及待遠離小江湖這個是非地。

血如冰在捐客居前院緩步繞圈，一顆揮之不去的大石壓在心口。洪荒派之事已經圓滿解決。死了許多人，但也救出了許多人。即便毛眞當眞城府深沉，趁機奪權，那也是他們洪荒派的家務事，輪不到血如冰操心。她究竟爲何放不下此事？

曹諫自門外歸來，見血如冰在前院散步，上前招呼道：「冰姊。」

血如冰胸口正悶，看到曹諫，舒暢了些，笑問：「你去天工門嗎？江堂主怎麼說？」

曹諫走到大水缸前，揭開缸蓋，拿木瓢舀水喝。「江堂主正忙著晚上的神功大會，本來是不見客的；但一聽說是捐客居來訪，馬上就衝出來。妳都不知道呀，冰姊，他瞧見是我不是妳的時候，臉上那失望的呢，嘿嘿。」

「閒話少說。」

「好。」曹諫放下水瓢道。「江堂主說冰姊吩咐的事，就是他江懷才自己的事。不管時間多緊迫，他都會趕工出來。」他搖頭嘆道：「冰姊，我瞧這江堂主是想跟我爭呀。」

「好呀。你們慢慢爭吧。」血如冰聽見遠方騷動，走向門口。「外面吵什麼？」

「像是市集上有人鬧事尋仇。」曹諫跟著出去。「我急著回來，沒瞧熱鬧。」

血如冰將頭探出大門，往巷口查看。捐客居位於鬧中取靜的僻靜巷道中，十餘丈外的巷口便是市集大街。她才一探頭，巷外已經竄入一人，布衣藍衫，撞上土牆，模樣狼狽，轉身往巷內奔跑。他身後緊跟三人，都是山野獵戶打扮，持刀縱躍，沒幾步便攔住藍衫人去路。血如冰定睛一看，只見那藍衫人少了右臂，以布條包紮，顯見新斷不久，竟是那千手大佛苗千手。

巷口湧入十餘名閒人，有的貼牆而立，有的躍上巷道兩旁的矮牆屋頂，都是跟進來瞧熱鬧的。

血如冰皺起眉頭，比了個手勢，與曹諫一起走近。

爲首的刀客提刀指著苗千手大喝：「姓苗的，當年你率眾圍勦咱們虎頭寨，可沒想到會有今天吧？」

苗千手適才撞牆，觸動傷口，斷臂處滲出血來，劇痛萬分。他喘了口氣，強笑道：「沒想到啊，沒想到我苗千手一世英名，竟然虎落平陽被犬欺！」

刀客呸了一聲，罵道：「你綽號千手大佛，氣燄囂張至極。如今斷了右臂，老子還有不打落水狗的嗎？哈哈哈！」

「我躺在醫館養傷，都讓你揪出來打。」苗千手扯緊手臂布條。「今日不教訓你們，醫館巷永無寧日。」

他這話是說給旁觀路人聽的。果然，牆上有人一聽便幫腔：「哎呀！說好了醫館巷不尋仇！人家斷了手臂，已經那麼慘了，你們還把他從床上拖下來打，這還是人嗎？苗千手，我支持你，快教訓他們！」這人口頭支持，但沒打算出手相助。

苗千手突然發難，撲向為首刀客，左掌狠狠劈出。那刀客時刻警覺，一看苗千手移動腳步，立刻提刀架在面前。苗千手心知自己難以久戰，因此於左掌中灌注十成功力，只盼一舉擊倒一人。那刀客武功不強，但反應迅速，臨危間轉動刀鋒，等著苗千手自己送掌來切。苗千手綽號千手大佛，一雙手掌變化萬千，每一掌擊出，總有七、八式變化，足以因應對手任何變招。要是從前，他只要掌心翻轉，便能在對手腹部、下陰、左肩三處擇一擊之。憑那刀客的功夫，非當場死了不可。可惜他重傷之下，力不從心，只能臨時收掌，掠過刀鋒時出指側彈刀身。就聽見「噹」地一聲，刀客虎口巨震，放脫刀柄。那單刀旋轉而出，竄向一旁矮牆，被坐在牆上觀戰的路人出手接了下來。

為首刀客死裡逃生，只嚇得臉色發白。回看苗千手，見他頭冒冷汗，嘴唇發抖，右臂斷口布條上一片血紅，顯已無力再戰，於是他朝兩名夥伴揮手道：「上！殺了他！殺了他！」

兩名虎頭寨刀客對看了一眼，提刀撲上。就看到眼前紅影一晃，兩刀客感到手腕遭扣，身體不由自主地轉動，接著兩把單刀同時遭人奪去。他們連忙跳出戰團，退到為首刀客身旁，這才看清動手奪刀的是個美貌姑娘。

為首刀客問：「妳……妳是什麼人，竟……竟敢來壞老子的好……好……好事？」

血如冰使了個眼色，曹諫連忙上前攙扶苗千手。她將兩把刀往地上一丟，笑道：「你們到我掮客居的地盤鬧事，還敢問本姑娘是誰？嘖嘖嘖，好大的膽子呀。」

刀客嘴硬：「什……什麼掮客居？聽都沒聽過！」

血如冰佯怒：「哎呀？你這樣講話，本姑娘要生氣啦！」

血如冰上前一步。三刀客連忙後退一步。旁觀眾人大樂，登時鼓譟嘲笑。「血掮客都不認識，你混哪裡的？」「血姑娘的武功深不可測。她要生氣起來，你們死無葬身之地！」「虎頭寨我才沒聽過呢！夾著尾巴快跑吧！」

有人自市集拿了些不要的菜葉、廢紙過來。眾人也不多問，拿起便砸。虎頭寨三刀客就這樣被人砸出無道仙寨。

血如冰跟曹諫一同扶苗千手回掮客居，招呼他在外堂坐下，取乾淨布條換下血布，再拿半年前莊森贈予她的半罐玄日宗金創藥來塗抹傷口。大俠莊森醫術卓絕，調配出的金創藥具有神效，血如冰一直珍藏著，捨不得拿出來用。她邊抹藥邊說：「苗大哥，我這金創藥是大俠莊森親手調配，十足珍貴。今日拿來救你，足表如冰對你的看重。只盼你記在心裡，不要再有輕生的念頭。」

苗千手訝異：「妳……妳看出來了？」

血如冰放下藥罐，開始包紮傷口。「你傷勢雖重，也不致於打發不了這三個毛賊。如冰倒有一事不明。你若當眞尋死，又何必大老遠跑來掮客居呢？莫非你指望我救你？」

苗千手愣愣地瞧著她：「我……我只想再見姑娘一面。」

血如冰拉緊布條，故意弄痛苗千手。「苗大哥還欠我二百兩。尋死什麼的，還了錢再說。」

苗千手突然落淚。「千手大佛斷了右手，十成功夫剩下不到三成。我……我……」

血如冰打好布結，拍拍他的肩膀道：「世上斷手斷腳的人很多，苗大哥不必妄自菲薄。想那七海遊龍方勝天大哥，腳斷了那麼久，不也是堅強活著？聽說你失蹤，連忙把家裡的積蓄都拿出來，混進洪荒派去找你。有友如此，夫復何求？你萬不可辜負好友義氣。」

苗千手拭淚道：「是。勝天兄是好朋友。去年他腳剛斷時，我也似姑娘這般安慰他。如今輪到我了，眞不知道他是怎麼走出來的。下次見到他，可得向他討教討教。」

血如冰皺眉：「怎麼你還沒見到他嗎？」

苗千手搖頭：「我一直待在醫館。勝天兄也沒來找我。或許他根本不知道我在哪裡。」

血如冰瞧著苗千手，又轉頭瞧向曹諫。曹諫知她心意，搖頭攤手回應。血如冰站起身來，神色氣惱，說道：「我把他給忘了！」

苗千手問：「忘了？」

「就是這個。」血如冰喃喃自語。「這些日子以來我心神不寧，就是爲了這個。」她轉向苗千手說：「方大哥為了找你，跟我同時混入洪荒派。我最後一次見到他時，他躲在洪無畏住所外的樹上監視他們。我被人發現了，只好先走一步，後來便沒再見過他。我一直以為他先離開了，而洪荒派的事當晚便已解決，我就沒再多想。」

苗千手問：「說不定他眞回家了？」

「倘若眞是如此，自然最好。我一會兒上刀客窟問問。」血如冰神色不寧。「問題是在洪荒派裡失蹤的人，比在地牢裡找到的人多。」

苗千手搖頭：「那不是被練拳了嗎？」

「不是。」血如冰回想毛眞給她看過的名冊。「交五百兩入洪荒派習武之人，共有十五位，扣除關在地牢和已經被練拳的人，還有三個人下落不明。」血如冰認眞回想，繼續道：「一個是梁王府的周容生。他沒回王府，所以梁王才又派了孫有道來。一個是方勝天，希望他沒失蹤。還有一個叫邱長生。我似乎聽過這個名字，但是想不起來是什麼人。」

苗千手說：「邱長生是玄日宗的人。」

血如冰一驚：「啊？」

苗千手續道：「他是玄日宗掌門梁棧生的大弟子。武功高強，但總待在總壇辦事，江湖上名聲不顯。妳若去過成都，便會知道他。」

血如冰站起身來，來回踱步，片刻後道：「苗大哥，我有事要辦。你在這裡好好休息，當自己家。」

苗千手急道：「血姑娘，此事凶險，我與妳同去！」

血如冰頭也不回，往門外走。「曹諫，照顧苗大俠，別讓他亂跑。」說完，轉過大門，不見了蹤影。

第十四章　刀客窟

血如冰出巷來到市集大街，先往街尾刀客窟走。刀客窟是仙寨刀客聚集地，專幫刀客和需要刀客之人居中牽線，賺取佣金。掮客居剛開張時，血如冰經常仰賴刀客窟辦事。其後她改變作風，勤練武功，與刀客窟往來便不如從前密切。刀客窟整日開工，但因多半是見不得光的工作，多待入夜後再談，是以白晝刀客窟內冷冷清清，即便有客上門，也大多是喝茶聊天、串門子來的。

血如冰跨入大門，只見裡面鬧烘烘的，擠滿了人。她滿臉狐疑，左推右擠，來到站在帳房外大聲吼叫之人面前，一看原來是刀客窟老闆，刀客兄。就聽刀客兄叫道：「大家不要急，不要擠！人人都可以下注！這是今年仙寨最大的賭盤，不賭這一注，別說你住過仙寨啊！快來賭啊！快來賭啊！無道神功大賽，誰是最後贏家？走過路過不要錯過啦！」

人群裡有人叫道：「刀客兄，你這賠率怎麼算的？給大家講解講解，不然怎麼買呀？」

刀客兄往後一跳：「去！大家都做功課，你怎麼不做功課呢？這比賽一年前就公布啦！仙寨裡有本事的都是鑽研神功，沒本事的就去鑽研誰有本事鑽研神功嘛！什麼都要人家告訴你，當我老媽子呀？我叫你吃屎，你怎麼不吃啊！」

另外有人道：「哇，刀客兄嘴巴好臭啊！你這賠率根本亂來的嘛！憑什麼春風院的陰陽訣一賠二，粉身碎骨拳卻一賠五呢？你瞧不起粉身碎骨拳呀？啊，呂三娘那點功夫，在床上使使也就罷了，怎麼你當她眞能勝出嗎？」

刀客兄指著對方鼻子：「哎呀！我就說你不懂嘛，你不懂嘛！粉身碎骨拳的威風，半個月前傳遍小江湖啦！大家都知道它厲害，那怎麼樣呢？厲害的功夫就能贏嗎？」他說著，眼睛一亮，點出血如冰。「吶！血姑娘來啦！大家可以問問她！當初她就是混進洪荒派打探粉身碎骨拳虛實的！唉！血姑娘！血姑娘，妳別走啊，跟大家說說嘛。」

血如冰斜眼瞪著刀客兄，老不情願地走過來。「你怎麼知道我混進洪荒派查探此事？」

刀客兄說：「我開賭盤，當然要留意這回事嘛！黃皓派誰去查誰，我都清楚呀。」

血如冰兩眼一翻：「那你又沒來問我。」

「哎呀，那還有什麼好問的？」刀客兄兩手一攤。「毛眞那老頭這麼一鬧，誰都知道粉身碎骨拳是怎麼回事了。聽說鬧成那樣，還是血姑娘促成的，那可是得要謝謝妳啦。」

血如冰一掌拍開他的手：「你可別亂說話。我沒促成什麼事。那都一早……」她想說都一早安排好了，卻無法肯定自己爲什麼這麼想。她一反手，抓住刀客兄右掌。「跟我到旁邊說話。」

刀客兄哀求：「血姑娘，我正在開賭盤呀。」

「交給伙計去忙。」她拉著刀客兄往後堂便走。刀客兄讓她的玉手拉著，笑嘻嘻的，也不反抗，跌跌撞撞地跟去了。群眾群起鼓譟，血如冰邊走邊道：「大家下注想清楚點呀！你功夫再厲害，太難練也不會被選上的。無道神功要厲害還要好練，大家自己琢磨去吧！」

兩人來到後堂，血如冰放開手，關上門，問刀客兄：「怎麼你在這邊開賭？晚上不去龍蛇樓賭嗎？」

刀客兄笑道：「龍蛇樓觀戰，那是一定要的，但這賭盤也是要開呀！仙寨這麼多人，不可能人人都去龍蛇樓賭。你要擠也擠不進去嘛！我開外盤，也是爲了鄉親朋友們呀。」

「原來你是爲民服務，佩服佩服。」血如冰臉色一沉，正經問他：「你最近有見到方勝天大哥嗎？」

刀客兄收起笑容，搖頭道：「他半個多月沒來了，我正在擔心呢。」

血如冰皺眉：「他腳殘之後，還是常來刀客窟嗎？半個月算久了？」

刀客兄嘆氣：「自然常來啦。從前他是我們第一刀客的時候，那可意氣風發啊，缺錢才來，一個月都見不到他一、兩次。腳斷了以後，接不到好案，只好整天泡在刀客廳了。」

血如冰想起那些整天窩在前廳，等著客人點的無名刀客，心中微感惻然，說道：「方大哥說刀客兄不離不棄，有情有義，他很承你的情。」

刀客兄說：「人總有得意和落魄的時候。咱們活在無道仙寨這個沒有王法的地方，自然必須互相照顧。據我所知，血姑娘跟方勝天沒啥交情，怎麼突然問起他來？」

血如冰據實以告：「我混入洪荒派時遇上方大哥。當時不方便多談，但我想他是爲了苗千手苗大哥失蹤之事而去的。」

刀客兄恍然大悟道：「原來……他是去了洪荒派？這不傻了嗎？他武功雖高，總是斷了右腳，怎麼能是洪無畏的對手？他定是讓洪無畏給拿下了！」他皺眉。「這下洪無畏垮台，毛眞實力如何，可還沒查清楚。這……」他轉向血如冰。「血姑娘，妳既然救了苗千手，怎麼不連方勝天一起救呢？」

血如冰搖頭：「方大哥沒被關在地牢。我一直以爲洪無畏垮台，苗大哥又已救出，方大哥自然是回家了。你確定他不在家裡？」

刀客兄說：「我親自去看過了。他不在家。」

血如冰憂形於色。「看來得再往洪荒派走一遭了。」

刀客兄一把拉住她的手腕。「血姑娘，且慢。」

血如冰回頭。刀客兄放開她的手，正色道：「血姑娘，苗千手、方勝天，加上半年前的八方鳳凰七里香，咱們刀客窟已經連續三個第一刀客都在遇上姑娘之後下場淒涼……」

血如冰不悅，搶白道：「哇，刀客兄，你又來跟我講這種話？你也講講道理。方大哥斷腳之事，可跟我一點關係都沒有。苗大哥，我救他出來時，他還好手好腳，誰知道洪無畏能一拳把他傷成那樣？再說七里香……七里香……」想起七里香，便想起半年前遭遇趙言嵐那個魔頭冤家，血如冰突然心下激動，眼眶微濕，說：「七里香死得突然，那也不是我能改變什麼的。」

刀客兒連忙搖手：「姑娘不要誤會，我只是想提醒姑娘，凡事要掂掂自己斤兩，別老是招惹那些武林高手都應付不來的麻煩。我聽說姑娘半年來武功大進，但練功夫這事，必當循序漸進，絕非一蹴可幾。姑娘是老江湖，總不會信了市集大街的天山雪蓮、萬年老蔘吧。」

血如冰心下感動，側頭看他：「你今天講話怎麼這麼不市儈？不像我認識的刀客兒。」

刀客兒只是搖頭：「血姑娘是老主顧，我可不想妳出事。聽老刀客的話，千萬不要跟那毛眞正面衝突。」他想了想，又說：「方勝天的事便是刀客窟的事，不然，我讓夜行黑刀沈小小與妳同去。」

血如冰斷然拒絕：「沈小小是刀客窟現任第一刀客，我可不能讓他又算到我頭上來。你放心吧。毛眞今日忙著無道神功大會，沒空管我的。說不定此刻已經前往龍蛇樓備戰，根本不在家裡呢。」

突然有人敲門，接著是個熟悉嗓音：「刀客兒？血姑娘？在下孫有道，不知是否方便一談？」

血如冰沒料到孫有道會出現在此，看向刀客兒。刀客兒揚聲道：「孫兄，血姑娘今日私訪，不是來雇刀客的，你還是……」

血如冰揚手開門：「孫師傅跟如冰是過命的交情，我原想今日要去洪荒派找他呢。」她拉開後堂門，朝門外的孫有道招手。「孫兄，你怎麼會在刀客窟？」

孫有道看向刀客兄一眼，抱拳道：「血姑娘好。在下留在洪荒派，跟著毛老爺子學藝，也不知會在仙寨待多久，是以來刀客窟找點買賣做，我剛接了單生意，正要下山辦事呢。」

血如冰見他神色，似乎也想私聊，便對刀客兄道：「刀客兄，你先去忙吧，我跟孫兄敘敘舊。」刀客兄出去忙後，血如冰笑著對孫有道說：「孫兄接起買賣，是要在無道仙寨長住下來了？」

孫有道搖頭：「實不相瞞，在下是來跟姑娘道別的。」

血如冰一愣：「不是才接了買賣嗎？」

「那只是我離開仙寨的藉口。」孫有道說。「半個月前，洪荒之夜過後，我留在洪荒派，一來是爲了習藝，二來也是因爲我不敢就這麼走了。」

血如冰問：「不敢走？孫兄是擔心什麼？」

「我擔心毛老爺子不是我們想的那樣。」孫有道嘆氣。「我怕輕舉妄動會招來惡果，同時我也好奇他鬧那麼多事，究竟想幹什麼？當了掌門，是不是就滿足了？」

血如冰點頭：「洪荒之夜，大家都聽出來了。儘管洪無畏罪證確鑿，他對毛眞的指控也不是無的放矢。只不過片面之詞，沒有證據，大家便不說破了。我在仙寨有頭有臉，毛眞跟我又沒過節，不會輕易來對付我，自然可以說走就走。我倒是沒考慮到孫兄的處境。難道你有把柄在他手上，所以不敢離開嗎？」

孫有道點頭：「我可以證明洪無畏說的是實話。」

血如冰揚眉：「什麼實話？」

「毛眞給他的神功祕笈裡，確實記載了要拿活人練功。」孫有道說。「我當晚偷走《開劫渡難拳》祕笈，曾躲在角落趁機翻閱。我想知道學這門功夫爲何要拿活人練功，有沒有辦法避開此節。當時時間不多，沒有細看，但事後回想，祕笈中的確有提到此事。後來錢師爺拿出來的祕笈，沒有相關記載，一定是中間被人掉包或撕去；而會這麼幹的，除了毛眞，沒有別人了。」

血如冰背脊發涼：「你是說毛老爺子假造祕笈，引誘洪無畏綁架高手練功，然後再來揭穿他的罪行？」

孫有道點頭：「毛眞知我盜走祕笈，但無法肯定我是否翻閱。倘若他知道我得知他的祕密，還有不殺我滅口的嗎？我留在洪荒派虛心求教，爲的是不讓他起疑。我說爲了長久居住，跑來刀客窟賺錢，一來讓他安心，二來也是要找藉口下山。今日適逢無道神功大賽，毛眞一早就出門，正是我逃出仙寨的好機會。我擔心姑娘看不穿毛眞面目，日後會吃虧，是以先去掮客居找妳，想告知此事。伙計說妳來刀客窟了，所以我又跑來。」

血如冰微微點頭：「孫大哥逃命之餘，還不忘提醒如冰，如冰感念在心。」

孫有道瞧了她片刻，語氣無奈道：「血姑娘，我……在下這便去了。姑娘當晚一席話，令在下茅塞頓開。梁王府我是不會再回去了。今後何去何從，在下尚未想通，只怕……這輩子我們是不會再見面了。」

血如冰微笑，雖非有意，但還是使出了孫有道口中的迷魂大法。「你我一同經歷過生死關頭，乃是過命的交情。孫兄若是想念如冰，隨時來掮客居找我。」

孫有道點點頭，轉身離去。

血如冰目送他離去，然後轉身走到後堂旁的小房間。那房間有扇後門，通往後巷，乃是半年前八方鳳凰七里香中劍身亡，而她被趙言嵐強行擄走之地。她走過七里香陳屍處，推開後門，來到後巷，在當晚鄭瑤所躺的位置駐足片刻。那件事徹底改變了她的人生，也在她心中留下一個男人。她回想孫有道、苗千手、錢師爺等這些或多或少中了她的「迷魂大法」，為她的美色著迷的男人。從前她享受這種單靠美色支配男人的快感，而如今她除了美色，還增添了成熟自信，魅力如日中天，偏偏每一個為她著迷的男人，都只有讓她想起趙言嵐。虛無縹緲的相思，無緣相見的壞男人……或許人在江湖所追尋的，都是這些握不住的東西。

第十五章　返洪荒

血如冰於僻靜後巷行走片刻，再度回到市集大街，轉向西行，不多時來到欲峰山西面山谷旁的小江湖。她步入谷口，一看江湖街上人來人往，大部分都是要出谷的，多半也是要去湊那無道神功大賽的熱鬧。

血如冰心下盤算：「是該登門拜訪，還是偷溜進去？毛眞不在家，登門造訪也沒啥藉口閒晃。還是從後巷翻牆進去吧。」她來到洪荒派院牆側巷口，見巷中無人，便即走入。洪荒派院牆極長，中院處有側門，門沒開。血如冰來到門外，門後有人說話，便即靠牆傾聽。

門後一人道：「師兄，從前師父都派咱們於側門站哨，如今師叔祖出任掌門，直接關上側門，撤掉衛哨，會不會太隨性了些？」

另一人道：「從前師父虧心事幹多了，老怕仇家上門。師叔祖光明正大，自然不怕。他老人家上任以來，咱們日常雜務少了，學功夫的時候多了，這不正是當初投入本門的初衷嗎？」

前一人道：「話是沒錯。我怕師叔祖閒雲野鶴慣了，不是當掌門的……這個……人才。門規如此鬆懈，萬一有弟子亂來怎麼辦？」

第二人道：「這你不必擔心。師叔祖武功出神入化，定是想幹大事之人。你且想想，要練絕世武功得花多少心血，吃多少苦頭？若無堅定信念，練點三腳貓的功夫便練不下去了，哪能變成絕世高手？」

第一人道：「師兄所言甚是。敢問師叔祖有何堅定信念，想幹什麼大事？」

「不知道。」

血如冰繼續前進，來到後院牆邊，確認左右無人之後，輕巧翻牆而入，落在天地居窗外，前些日隱匿打探的樹後。她走到窗前，推開窗葉，爬入天地居，隨即反手關窗。洪無畏失勢後，天地居已無人居住；如今大門緊閉，門口亦無弟子看守。血如冰走到門後，傾聽片刻，後院靜悄悄的，似乎無人走動。她轉身進入書房，隨即愣了一愣。只見那書桌給推到窗旁，地上暗門開啓。血如冰皺起眉頭，來到暗門之前，低頭觀看深入黑暗的石階，也不知是剛剛有人下去，還是沒打算關了。

血如冰深吸了口氣，輕輕步下石階，來到階底轉角前，她緩緩坐於石階上，閉上雙眼，運轉內功，增強耳力，傾聽轉角後大刑房的動靜。寒風聲，炭火燃燒聲，細微呼吸聲。血如冰專注在那呼吸聲上，但因內力未臻高手之林，實在聽不出個所以然來，只知道大刑房中僅有一人，停在定位，沒有移動。

那人突然開口道：「血姑娘既然來了，躲在石階後做什麼？」

血如冰吃了一驚，認出是洪無畏的嗓音，只是遠比半個月前沙啞虛浮。她咳嗽一聲，步出轉角，只見對面牆前的木樁上綁著一名男子，正是洪荒派前任掌門洪無畏。洪無畏依然穿著半個月前的掌門華服，只不過衣衫破爛，披頭散髮，手腳髒污，滿是血塊，讓人折磨得不成人形。血如冰聽說他經脈俱斷，武功盡廢，讓毛眞收押在地牢中，卻沒想到他還飽受折磨。血如冰長年居住在無道仙寨，惻隱之心是有的，但絕非濫好人。像洪無畏這等魔頭，她一點也同情不來。她並未走近，只往側面鐵門走去，邊走邊道：「洪前掌門好耳力，武功都廢了，還聽得出是如冰。」

洪無畏吃力笑道：「姑娘體香特異，洪某人是怎麼也忘不了的。」

血如冰搖頭：「那是胭粉閣的龍涎香囊，並無特異之處。」說著，推開鐵門，步入地道，不再理會洪無畏。

走道末端的地牢鐵門躺在地上，未曾清出。血如冰取出火摺，步入地牢，在門旁摸索片刻，找到牆上火把，點燃後收起火摺，在地牢中尋過一遍。牢中空無一人，顯然毛眞破牢門後便再也無人來過。

血如冰插回火把，走回刑求室。

「血如冰！」洪無畏見她要走，連忙說道：「妳來都來了，好歹說幾句話？」

血如冰停下腳步，轉頭面對他。「我跟你有什麼好說的？」

洪無畏道：「我當日那樣對妳，妳會懷恨在心，也是理所當然……」

血如冰搖頭：「別傻了。我壓根兒沒把你放在心上。」

洪無畏語塞。

血如冰見他說不出話，提步又要走。洪無畏大急，忙道：「我洪無畏殘殺女子，十惡不赦。當日口出不遜，羞辱姑娘，思之內疚，只盼姑娘過來打我兩下，也讓我……心中好過一些。」

血如冰揚眉。「我幹嘛讓你好過一些？」

「我……我……」洪無畏眼珠轉動，想不出能怎麼說。「我都這麼慘了，妳還不肯讓我好過些嗎？」

血如冰走到刑架前，取下一綑皮鞭，在洪無畏胸口抽了兩下。洪無畏十分硬氣，哼都不哼一聲，就這麼咬牙忍受著。血如冰看著他狼狽的模樣，慢慢捲回皮鞭。洪無畏忍痛片刻，抬起頭來，見她在收皮鞭，連忙說道：「姑娘打得快活嗎？不如再抽兩下？」

血如冰搖頭。

「請姑娘爲死在我手中的那些無辜女子報仇！」

血如冰上前一步，提起手上幾圈皮鞭抵住洪無畏下巴，令他正眼相對。半個月前，血如冰被洪無畏綁在木樁上，如今兩人易地而處，血如冰也沒感到如何快活。她伸出左掌，拇指輕輕擦拭洪無畏臉頰上的血塊，說道：「原來你想死啊？」

洪無畏讓她的玉手一摸，突然悲從中來。他強忍淚水，吞嚥口水，說道：「我已成廢人，生無可戀，還有什麼好活的？」

血如冰拍拍他的臉頰，站直身子。「洪掌門是生是死，自有貴派門規處置，輪不到如冰一介外人插手。」

洪無畏怒道：「那老頭子滿腹私怨，要我求生不得，求死不能。這可不是本派門規應有的處置！」

血如冰走回刑架，掛回皮鞭。「關我屁事？」

「血姑娘！血姑娘……」洪無畏語氣哀求。「妳就算不殺我，也別急著走啊。跟我多說幾句話，好嗎？」

血如冰佇立片刻，回過頭來，問道：「我是來找人的。方勝天、周容生、邱長生，這三人何在，你可知道？」

洪無畏滿臉奸笑：「喔，原來姑娘是因有所求而來，那不如放了我再說？」

「後會有期。」血如冰掉頭便走。

洪無畏大叫：「血姑娘！血姑娘，妳是好人，一生平安！妳花容月貌，如意郎君！妳武功高強，武林盟主啊！血姑娘，回來！血姑娘，快回來。」

血如冰聽他胡言亂語，倒眞有點不忍。她搖頭輕嘆，再度轉身，回到洪無畏面前，撐起他的雙眼，觀看瞳仁，問道：「毛眞給你下藥了？」

洪無畏道：「他把藥混在飯裡，我不吃便餓死了。他每天來找我，就是講講往事，也不問我什麼問題。我這幾日腦子越來越糊塗，也不知還能清醒多久。」

「你鬥志全失，意志都讓他消磨殆盡了。」血如冰不熟醫理，也想不出這是讓人下了什麼藥。她說：「從前的洪掌門，哪裡會這樣低聲下氣求我別走？毛眞不殺你，日後有你苦了。你跟他究竟有什麼深仇大恨？」

洪無畏欲言又止，似是想不出能說什麼，最後他道：「當年我爹趕他出門，我也只是個初出茅廬的小伙子。上一代的恩怨，照說不會遷怒於我。除非他很小心眼……是了！定是他小心眼。這次回來，我又對他出言不遜，這才得罪了他……又或許他是擔心我知道他的過往隱私。」

「什麼隱私？」

「上一代的事，我眞不清楚。」洪無畏皺眉回想。「總之，每個門派都有不肖弟子，老是在外惹是生非，爲師門增添麻煩。我爹那一輩裡，毛眞就是這顆老鼠屎。至少……我爹是這麼說的。當年他得罪許多江湖門派，弄得我爹四下賠罪，洪荒派的聲譽都被他弄臭了。最後他自認被師兄弟排擠，又不想加入大王起義，共謀大事，於是告別師門，說要去找尋失傳祕笈。我爹在全派弟子面前把他痛罵了一頓，叫他永遠不要回來。但私底下，爹十分難過。他曾酒後跟我提起，說毛眞乃是練武奇才，可惜心有旁騖，不肯專心學武，最後變成不學無術的敗家子。他說如果能讓毛眞找到奮鬥目標，或許能夠成大器。但在我看來，此人自私自利，一輩子只會爲了自己，不必妄想他有什麼成就了。」

血如冰點了點頭，說道：「洪掌門講得正氣凜然，但你從前大志威風，如今卻又如何？殘殺民女之事，毛眞再壞，也未必幹過。」

洪無畏低下頭去，也不知是否出於慚愧。片刻後，他抬頭道：「我等武林高手，人生失去目標，難免作姦犯科，仗勢欺人。毛眞從前武功不高，尚且惹是生非，如今學會絕世武功，難保不會興風作浪。姑娘心地善良，容易輕信於人，日後吃虧可不好了。」

「有勞洪掌門掛心。」血如冰轉而問道：「你究竟知不知道方勝天等人的下落？」

「實不相瞞，在下確實不知。」洪無畏語氣一變，神色凶狠。「姑娘想知道，可以去問錢師爺。那小子吃裡扒外。我派他去監視毛眞，他卻跟毛眞勾勾搭搭。毛眞有何隱私，他定然清楚。」

血如冰突然甩他一巴掌。洪無畏嘴角滲血，神色驚呆。血如冰道：「你傷了徒弟的心，還滿心怪罪徒弟，我眞爲錢師爺不值。」

洪無畏說：「對！我就是爛！妳殺了我吧！」

「不幹。」血如冰後退兩步。「你要我陪你多說幾句，這就說完了。告辭。」

洪無畏大聲哀求，血如冰不再回頭。上樓回到天地居，依稀還能聽見洪無畏叫喚。她拉起暗門，蓋上地牢入口，耳根子終於清淨了。來到天地居門口，門外一片寂靜，似乎後院中完全沒人。血如冰推開門，進入後院，還眞沒人。她心想：「毛眞去參加大會，錢師爺多半也跟著去了。趁四下無人，不如去宇宙閣逛逛。」

她穿越後院，來到對面的宇宙閣。血如冰正要推門，突見門內人影晃動，跟著是家具倒地聲。血如冰吃了一驚，以爲閣內有人爭吵、打架，卻又不聞人聲。她閃到門旁，靜候片刻，見門內再無動靜，終於按捺不住，輕輕推開房門。

半空垂著一條人影，卻是有人懸樑自盡。血如冰閃身而入，一腳踏正側倒在地的椅子，踩上椅背，撐著自盡之人的身軀。抬頭瞧清楚該人面貌，發現是錢師爺。血如冰伸出右腳，在旁邊桌面上運勁一踏，桌上茶碗彈起，墜入血如冰手中。她玉手使勁，折斷茶碗，以斷口鋒利處割斷懸樑布條，這才扛著錢師爺跳回地面。她扶錢師爺著地躺好，探其鼻息脈搏，知他尚未死透。血如冰按壓他的胸口，緩緩過運功力，終於救得他醒轉過來。

錢師爺睜開雙眼，目無神采，看著血如冰，卻彷彿不識得。血如冰拍拍他的臉頰，軟語說道：「錢大哥，是我，血如冰。」

「血……血姑娘……」

血如冰見他認出自己，狠狠甩他一耳光，怒道：「犯傻了你？好端端的，上什麼吊？」

錢師爺流下眼淚：「血姑娘，妳救我幹嘛？讓我死了吧！」

血如冰皺眉：「你怎麼跟你師父一個樣兒？要死要活的，成何體統？」

「我師父……師父……」錢師爺淚如雨下。「師父他老人家每次見到我……不是破口大罵，就是要我殺他！我……欺師滅祖，不是人啊！」

「那你幹嘛不殺了他？」

錢師爺大愣：「我豈能弒師？」

血如冰搖頭：「此刻毛眞不在，你正好去救他出來，何必來此上吊？」

錢師爺五官扭曲，內心掙扎。「師父他萬惡不赦，我又豈能救他？都是我，都是我害得他老人家……不！不是我，是師父他自作孽！我……要不是我，師父也不會……血姑娘！我不知道，我再也不知道了！」

血如冰聽他胡言亂語，深吸了口氣，伸手撐開他的右眼，觀其瞳仁，問：「毛眞給你下藥了？」

錢師爺茫然：「我不知道。」

「你又怎麼害你師父？」

「我……我……」錢師爺把心一橫，說道：「師父殘殺民女的證據和名單，都是我……

是我拿給毛師叔祖的。我本來是想請師叔祖阻止師父，不要繼續作惡，想不到師叔祖卻把名單交給外人，弄得師父身敗名裂……我欺師滅祖，罪不可赦，血姑娘讓我死了吧！」

血如冰搖頭：「連名單都是毛眞洩露出去的，看來他陰謀奪權，策劃許久。」一看錢師爺還要求死，她玉手抵住對方嘴唇，又說：「錢大哥莫再廢話。如冰今日救你，不會再讓你死。你被毛眞下藥，求生意志薄弱，且隨我回掮客居，待那藥效過後，再看你要死，還是要活。」

「嗚嗚嗚………」錢師爺的嘴被捂住，說不出話來。

血如冰續道：「天生我材必有用，你活著比死了強。我且問你，你可知道方勝天、周容生、邱長生三人下落？」

錢師爺皺眉搖頭。

「你們洪荒派還有其他地牢嗎？」

錢師爺兩眼撐大，隨即轉向右側。血如冰隨著他的目光看向書房，放開捂住錢師爺的手。錢師爺說：「宇宙閣同天地居一樣，地下是挖空的。但這西廂地牢建成之後從未用過，知道的弟子也不多。」

血如冰托著錢師爺的後頸，緩緩扶他起身。「帶我去。」

兩人來到書房。血如冰拉張椅子讓錢師爺坐下，隨即依他指示，拉開書櫃，露出地下暗門。錢師爺指著暗門邊的銅鎖道：「妳瞧，那鎖都沒……」一看銅鎖光滑，明顯是新鎖，一時說不下去。

血如冰拔下髮簪，放下秀髮。那髮簪喚作玄鑰簪，乃是血如冰本門知博派的夜行珍品，經過天工門江懷才細心改良，成爲無鎖不開的盜寶神器。血如冰盤腿坐下，將玄鑰簪插入鎖孔，憑經驗調整位置，不多時，便打開銅鎖。她拉起暗門，說道：「錢大哥你稍作休息，如冰去去便回。」

錢師爺吃力地起身，邊走邊說：「我隨姑娘下去。」

兩人走石階而下，繞過轉角，推開鐵門，來到地牢。宇宙閣的地牢沒有天地居的氣派，少了刑房、刑具，就只是兩排各三間牢房。血如冰吹燃火摺，點起錢師爺找到的火把，高聲喚道：「有沒有人被關在地牢裡呀？有沒有人啊？」

右邊第一間牢房裡有人叫道：「血姑娘！我是方勝天！」

「方大哥！」血如冰大喜，奔到第一間牢房前，推開眼孔，拿火把照明。牢門後一張髒兮兮的大臉，細瞧下，果然就是方勝天。她連忙拿玄鑰簪開鎖，邊開邊說：「找到你就好了。方大哥，這些日子苦了你了。是毛眞抓了你嗎？」

方勝天道：「是。毛眞表裡不一，心狠手辣，血姑娘千萬要小心他。」

「不怕。今日無道神功大賽，他一早就出門，不會發現。」血如冰丟下門鎖，推開大門，眼看方勝天獨腳站在門後，忍不住上前一把摟住他。她心中大石放下，突然間少了點力氣，靠在方勝天胸口笑道：「如冰不知方大哥深陷地牢，一直沒來找你，實在過意不去。找到了你，我就放心了。地牢裡還有其他人嗎？」

方勝天說：「還有兩人。」

血如冰先開對面的牢門，救出形容憔悴的周容生，接著又到最裡面的牢房，見到奄奄一息的邱長生。邱長生衣衫破爛，血肉模糊。血如冰原想先救出眾人，待離開洪荒派之後再做打算，但看邱長生傷勢嚴重，不敢輕易移動他。方勝天內力深厚，稍懂醫理，他扶邱長生坐起，用掌貼其背心，運功幫他續命。

血如冰趁機問周容生：「周師父，毛眞爲何拿你？他跟梁王府有過節嗎？」

「本來沒有，這下有了。」周容生氣沖沖道：「他說拿下梁王府的人，王爺會再派人來。到時候熱熱鬧鬧，有得好瞧。他還想讓晉王府也湊上一腳。說倘若孫有道安份守己，跟著他學本事，他暫時也不會動他。要是孫兄膽敢逃跑，他就要栽贓嫁禍，讓他死在晉王府的人手上。他說宣武軍和河東軍已經多年沒有交戰，再不挫挫梁王銳氣，他就要登基當皇帝了。」

眾人眉頭深鎖，左顧右盼，但在彼此的目光中，都看不出個所以然來。血如冰問：「這對他究竟有何好處？」

方勝天道：「此人做事不看好處，令人瞧不透。」

血如冰本來怕他專注運功，不好說話，此刻見他答話，便問：「他又爲何要拿方大哥？」

方勝天長嘆一聲，說道：「他不說，我還眞不知道。原來我師父三年前失蹤，竟是死在他手上。他把我囚禁於此，教我內功口訣，說要幫我練成遊龍刀法最高境界，再將這套功夫傳承下去。」

「他不怕你殺他報仇？」

方勝天搖頭：「他說每個月都會跟我比武一次，待我殺了他，便能出去。他胸有成竹，只怕我這輩子也殺不了他。他囚禁我，不過是爲了玩弄我。我除了隨之起舞之外，又能怎麼辦呢？」

血如冰問：「他可有說爲何要殺你師父？」

方勝天道：「他說撞見我師父行俠仗義，看不順眼，便殺了他。」

眾人轉頭看他，不知如何應對。

邱長生吐了口長氣，微微點頭，呼吸比之前順暢，脈搏也強多了。方勝天收回雙掌，站起身來，說道：「邱大俠傷勢穩定，可以移動。在下獨腳不便，還請哪位抱他離開。」

錢師爺上前抱起邱長生，五人一同離開地牢。他們出宇宙閣，往前院走。錢師爺停步望向天地居，血如冰問他：「錢大哥想救你師父一起走嗎？」

錢師爺緩緩搖頭：「這時救師父，只會另添事端，還是先帶三位大俠出去再說。」

眾人繼續往外走。沿路遇上不少洪荒弟子，雖引起一些側目，但既然有大師兄錢師爺帶路，也就沒人多說什麼。到了大門口，守門弟子見是血如冰，說什麼也要找話說，問道：「血姑娘，什麼風又把妳吹來了？」

血如冰笑道：「上次救人，沒救乾淨，今日再來救三位大俠出去。」

弟子道：「血姑娘是大好人，要救的人還真多。」

「托貴派的福。」

那弟子讓她的嫣然一笑迷得神魂顛倒，待想起適才的對話似乎不太對勁時，一行人早已走遠。

第十六章　神功會

酉時，天色昏暗，華燈初上，無道神功大會即將開打。龍蛇樓裡裡外外擠滿了人，盛況遠遠超過去年中秋的桃源會。大會於二樓擂台場舉行，沿街包廂老早就讓有錢人給包下。擂台四周的空位原本擺滿桌椅，供人吃飯、賭錢、看擂台，今日適逢其會，桌子都收了起來，空位擺滿一排排長凳，擠了少說也有好幾百人。仙寨寨主黃皓，原本包了最大的包廂言心閣，宴請上官明月、燕建聲等高手裁判，但見閣外擠了這許多人，擔心瞧不真切場上的比試，只好帶眾人轉戰擂台前的第一排長凳。

擂台掌櫃指揮人手，受注帶位，忙得不可開交。上官明月一早入座，茶已喝完一壺，加上四周嘈雜，等得氣悶，見擂台掌櫃路過，順手一把抓住，問道：「掌櫃的，酉時都過半個時辰了，大會究竟開不開始？」

掌櫃忙得上氣不接下氣，陪笑道：「上官姑娘，就快開始了。再喝碗茶嘛。」

「還喝呀？再喝我又得擠出去了。」上官明月見他要走，一使勁又把他拉了回來。「你少敷衍我。我問你，血姑娘來了沒有？」

擂台掌櫃刻意左顧右盼，故作認眞。「沒瞧見呀。」

上官明月往身旁空位一比。「這是留給血姑娘的。你看到她，趕緊帶過來。」

擂台掌櫃還要再往外擠，一旁黃皓突然抓起他的褲腰帶，使勁往擂台上一丟，喝道：「給我開始！」

擂台掌櫃身在空中，鯉魚打挺，一翻身，輕輕巧巧地落在擂台上。台下觀眾擠得發慌，早不耐煩，紛紛從懷裡抄出能丟的東西，往掌櫃身上丟去。「快開始啦！這要等到什麼時候？」「你是要收多少注呀？下注這種事，手快有，手慢就沒有！」「我要看神功啦！到底有沒有神功呀？」「你光受注不開賭，老子是要怎麼發財？」「你是賭錢賭到不幹正事啦！好，就收我一串銅錢。看錢！」

那串銅錢的重量不下一般暗器，丟的人出手又重，破風聲響，眞給砸到可不得了。擂台掌櫃笑呵呵的，隨手接下銅錢，運起獅吼功，大喝一聲：「來！」接著又小喝幾聲：「來來來！」他在擂台上轉了一圈，朝四方抱拳，揚聲道：「各位寨友！看到大家迫不及待，小老兒不禁熱血沸騰！吉時已到，廢話不說，無道神功大會正式開始！」

擂台掌櫃右手揚起，一旁開始敲鑼打鼓；未敲打幾下，掌櫃又把手放下，鑼鼓聲戛然而止。擂台掌櫃見眾人隨之安靜下來，便道：「眾所皆知，這次無道神功大會是由浪蕩軍黃皓黃大爺、土團白條軍邱寂寥邱將軍，加上血泉當鋪燕建聲燕掌櫃，共同出錢舉辦。三位大爺出了這許多錢，會想上台來講幾句話也是情理之中，就請三位上台吧！」

不少等得不耐煩的鄉親又要鼓譟，只是礙於仙寨三巨頭的淫威，不敢過於造次。三人坐在擂台東側首排長凳旁，礙於身分，客棧各搬了張大椅子給他們坐，在擁擠的長凳間十分顯眼，而且擋路。三人同時起身，燕建聲客氣地比了個「請」的手勢，朝四方鄉親抱拳，便即坐下。血泉當舖乃是邪派散人聚集地，儘管燕建聲人脈廣，卻不像黃皓和邱寂寥有自己的人馬勢力，財力亦不能相提並論。本次大會，他只是充個人場，最後才掛名主辦，於三人中出錢最少，也不求在仙寨鄉親面前露臉，於是早就說好不上台。

黃皓與邱寂寥往擂台上一站，所有人都安安靜靜的，不再吭聲。邱寂寥搶先開口道：「各位鄉親寨友，今晚大家久候多時，本來黃兄弟和本人不該多說廢話，然則這無道神功大會，乃是仙寨立寨以來罕見的盛會，倘若不講排場，未免不夠隆重。」

邱寂寥乃黃巢舊部，手下土團白條軍是黃巢麾下最精銳的部隊。黃巢兵敗身亡後，土團白條軍的兵力先後由楊行密、馬殷等將領瓜分，隨邱寂寥退入欲峰山的，僅剩三千餘人。二十年休養生息，本是仙寨中最大勢力，多年來一直以幕後寨主自居，直到五年前，黃皓始率浪蕩軍餘部，潛伏於無道仙寨。黃皓乃黃巢從子，自居大齊正統，入仙寨後，吸收了不少土團白條軍舊部歸附，重創邱寂寥勢力。邱寂寥視其為死對頭，數年間雙方明爭暗鬥，一直爭到去年中秋桃源大會，黃皓自外找來數百金主，讓仙寨各方勢力都分到一杯羹後，邱寂寥才收斂氣燄，默認黃皓的寨主地位。

黃皓咳嗽了一聲，揚聲道：「各位寨友，今日黃某上台，只想說明一事。外傳本寨招募無道神功，是爲了在江湖上揚名立萬，這實在是天大誤會。無道仙寨之所以能在江湖立足，就是因爲本寨之人不涉江湖之事。大家要幹什麼，在無道仙寨中關起門來幹就是了。當年各方節度使答應劃無道仙寨爲不管地帶，條件就是咱們不能出寨惹事。儘管當年這條件是跟邱將軍的大齊軍談妥的，但二十年來，無道仙寨早已自成一格，不再侷限於齊軍勢力。然而，畢竟本寨的立寨之本在於『不管地帶』這四個字，本寨之人在外辦事，是絕對不能打出無道仙寨名號的；這點共識，大家都有。所以說，咱們怎麼可能招募『無道神功』來出門惹事呢？不行嘛！」

邱寂寥彷彿湊趣般，在一旁搭腔：「敢問黃兄弟，咱們挑選無道神功究竟爲了什麼呢？」

「邱將軍問得好！」黃皓點頭道。「咱們不出寨惹事，卻也不能保證外面的人不入寨來惹事。無道仙寨，惡名昭彰。所謂『一入仙寨，後果自負』，武林中每天都有自命不凡的傢伙想來仙寨見世面。去年，有泉昌山半掌派的鼠輩在山腳餓鬼客棧鬧事，打完了伙計就出寨，跑去巴州城四下放話，說咱們無道仙寨浪得虛名，功夫都是三腳貓。此等有礙仙寨名聲之事，咱們必須竭力杜絕。只不過，仙寨寨友五萬六千餘人，總不可能人人都是武功高手。邱將軍與本人有鑑於此，決定廣徵無道神功，作爲本寨鎮寨之寶，傳授給所有有心練功之人，讓武林中人聞風喪膽！這份苦心，大家明瞭了嗎？」

「瞭啦！瞭啦！」「快開打吧！」「有什麼神功，要出來見識見識！」「我要看神功啦！」

邱寂寥揚手要眾人安靜，問黃皓道：「黃兄弟，無道神功挑選，可有什麼標準呢？」

黃皓說：「外界傳言，無道神功不但要威力驚人，還得簡單易學。如此說法，並沒有錯。只不過，威力如何算驚人，又怎樣才算簡單易學呢？大會特別聘請三位武學高手擔任評判，在此為各位寨友介紹——血泉當舖燕建聲掌櫃，土團白條軍袁八方將軍，以及玄日宗金州菩薩上官明月女俠！」

雖說大會的裁判人選早已傳開，但聽見上官明月的名號，還是有不少人出聲驚呼。

黃皓繼續道：「經他們三位法眼鑑定，定能選出一套驚世駭俗的無道神功。寨友，廢話說完了，大會正式開始！」說完，跟邱寂寥一起在群眾歡呼聲中下台。

擂台掌櫃再度上台：「多謝兩位大爺一番廢話。我就問各位寨友，你們是要看威力驚人的神功，還是簡單易學的神功？」

人群起鬨：「自然是威力驚人的呀！簡單易學有什麼好看？」

擂台掌櫃拍響大腿：「好說！咱們打擂台的，自然是最贏的人贏，是不是呀？」

「是啊，是啊！」「哪有說打輸了，但是簡單易學的贏了？」「到底是神功還是簡單功啊？」

擂台掌櫃喝道：「有擂台打，有神功看，今日無道神功大會，保證精彩絕倫，錯過要再等一百年啊！各位寨友，高手出場啦！」

敲鑼打鼓聲中，後方一間廂房門開啓，走出八名高手，擂台掌櫃一一介紹。「各位寨友，走在最前面這位，乃是奇門街炎涼洞的折腰眞人。炎涼洞本不以武功見長，自從無道神功大會公布以來，折腰眞人本著造福寨友之心，刻意修練神功，終於在短短幾個月內，練成至陰至寒的奇功『炎涼神掌』！據說身中此掌之人，會當場暴斃，並於一炷香內化爲冰柱。而且屍首不能胡亂碰，只因寒氣會傳染。如此陰邪的神功，眞是造福寨友，造福寨友啊！」

折腰眞人沒看過龍蛇樓擂台，不知道擂台掌櫃如此毒舌，滿臉尷尬地走到南向第一排入座。

「大家快看第二位高手，第二位高手哇！」擂台掌櫃繼續大喝。「這第二位高手，自各方面看，都是來跟折腰眞人打對台的。奇門街浮光洞的浮沙眞君！浮沙眞君煉得一爐好丹，乃是奇門街煉丹界第一把交椅。他將煉製外丹的法門融合到內丹修練之中，淬鍊出一種至剛至陽的火熱內勁，搭配行雲流水般的玄幻掌法，是爲『火雲神功』。火雲神功同樣是中者立斃，死者肉身在一炷香內化爲焦炭，衣物卻不起火，只能說神奇，神奇，好神奇！就不知這些修道之人，爲何動不動就練中者立斃的神功啊！」

浮沙眞君面露微笑，仙氣飄飄，來到板凳前坐下，一副不世出的高人模樣。

「第三位高手來啦！」擂台掌櫃鼓掌了兩聲。「這第三位高手可不得了啦！所謂徐娘半老，風韻猶存！春風院呂三娘紅遍大街小巷，眞所謂誰人不知，哪家不曉。若有沒聽過的，回家去問你爹吧！呂三娘床上功夫第一，大家有目共睹，至於她的眞實功夫，見過的可就沒幾個人了。三娘神功喚作『陰陽訣』，據說有採陽補陰、滋容養顏之效。中招者不會斃命，卻是臉色慘白，四肢無力，噴精如血，精盡人不亡，實在是一輩子在窯子裡打滾之人才想得出來的功夫！押呂三娘贏啊，押陰陽訣贏吧！這功夫倘若獲選為無道神功，大家練一練，可謂神清氣爽，開心愉悅啦！」

呂三娘四下朝熟人打招呼；有人大方回應，有些人則低頭裝作不識。

「相形之下，第四位高手就低調許多。」擂台掌櫃緊接著說。「山腳市集書畫街小畫攤的畫馬名家韓不幹！韓不幹至今畫馬無數，款款落款韓幹，從不以眞名示人，可謂無比低調。不說你不知道，書畫街的《韓幹牧馬圖》，起碼有一半是韓不幹畫的！韓不幹將畫馬的奔放不羈融入掌法之中，自創一套絕世武功，名稱雅緻，叫作『潑墨雲手』。我這個人附庸風雅，最看重讀書人了，這潑墨雲手的名字一出，我就知道他厲害啦。」

韓不幹一手拿著一幅牧馬圖，左右展示，出場比武還不忘賣畫。

「接下來出場的是巧藝坊坊主馮小手。巧藝坊本是無道仙寨第一工坊，十餘年來包下不少仙寨工程，賺得是黃金滿屋。可惜近期天工門進駐無道仙寨，據說搶走巧藝坊八成生意，氣得馮小手怒下戰帖，要跟天工門堂主江懷才，在無道神功大會中一決勝負，輸的人就滾出仙寨。他說得是很高興，可惜江懷才沒有理他。馮小手的神功喚作『吋進拳』，號稱拳出一吋便能把人打退十步，是一種內外功俱臻化境方能觸及的境界。我是不怎麼看好啦。買他不如買江懷才。」

馮小手大怒，指著台上罵道：「你說什麼你？」旁邊有觀眾推了他一把，說道：「坐下吧。」馮小手一時踉蹌，摔上板凳。

擂台掌櫃冷笑：「站都站不穩，學人家玩什麼神功？」跟著指向走在馮小手身後的黑袍男子道：「哎呀！歡迎啊！各位，歡迎天工門堂主江懷才大駕光臨！江堂主醉心工藝，說話夾纏不清，常讓人以為他是文弱書生！錯啦！江堂主每日鍛鐵修木，胳臂粗得跟什麼似的，怎麼可能文弱到哪裡去？你瞧他一身寬大黑袍，便猜到他滿身機關，一會兒肯定很有看頭。我告訴你！江堂主報名的功夫喚作『天工霸絕刀』！手刀鋒利，隔空傷人，實在是一等一的神功！天工門呀，各位寨友，天工門做工實在，價錢合理，要什麼東西，找他們就對了！」

馮小手破口大罵：「龍蛇樓吃裡扒外！老幫著外人貶低自己人！」

「誰跟你自己人呀？」掌櫃大聲道。「巧藝坊獨大多年，收費昂貴，壓榨寨友多少錢？老子今日就是要看江堂主怎麼教訓你！」

馮小手大喝一聲，跳上擂台，衝到掌櫃的面前就是一拳。擂台掌櫃見他出拳威猛，不敢硬接，反掌招架同時側身閃避。就看那拳頭自他眼前而過，彷彿突然之間增長半吋，一陣熱辣辣的疾風，颳過掌櫃的面頰，嚇得他臉色一變，連忙退開。馮小手止住衝勢，踏步追擊；突然間，眼前黃影閃過，淡香撲鼻，朝擂台掌櫃揮出的拳頭受到外力牽引，無端亂了方位。馮小手大驚，連忙拉開架式，守禦要害。他定睛一看，只見有名黃衣姑娘擋在擂台掌櫃身前，卻是那金州菩薩上官明月。

上官明月笑盈盈道：「馮坊主有心，知道寨友等不及了，先上台來露一手。各位寨友，快幫馮坊主叫個好啊！」

眾人高聲叫好，掌聲如雷，不過都是在幫上官明月叫好。「上官姑娘好身手！」「一流高手，名不虛傳！」「馮小手吃狗屎！」「上官姑娘好美呀！」「馮小手的神功給姑娘提鞋都不配！」「快下去吧！別丟人啦。」「上官姑娘可許了婆家？」「上官姑娘既然上台了，就先別下去啦。」「是呀，上官姑娘，快教訓教訓這幾個自稱擁有神功的傢伙！讓他們知道什麼才是絕世武功！」

馮小手摸摸鼻子下台。上官明月朝擂台掌櫃使了個眼色，隨即在觀眾失望聲中下台回座。擂台掌櫃待得眾人安靜下來，咳嗽一聲，繼續介紹：「各位，眾所矚目的第七位高手，洪荒派新晉掌門，半個月前在小江湖鬧得沸沸揚揚的『一掌碎石』毛真，毛老爺子！毛老爺子乃該派前任掌門洪無畏的師叔，清理門戶後出任掌門，其中有多少恩怨陰謀，咱們外人不得而知。洪荒派神功『粉身碎骨拳』原名『開劫碎難拳』，失傳之前，原是能與玄日宗武學互別苗頭的絕世武功。這套拳法失傳之後，洪荒派就走下坡啦。如今洪老爺子找回神功，是不是能從此振興洪荒派呢？咱們拭目以待啦！」

毛眞面露微笑，目露精光，朝眾人抱拳行禮，所有人都感到不寒而慄。

「各位寨友！看擂台最愛看的，就是不知道哪裡冒出來的神祕高手！今日第八位高手自稱『神功客』，你看他戴著白瓷面具遮臉，就知道他有多神祕啦！」擂台掌櫃指著最後一名高手說道。那人身穿藍袍，戴著面具，瞧身材是男人，完全看不出年紀。群眾一看，反應不一。愛瞧熱鬧的鼓掌叫好，稱讚大會有心，憑添看戲高潮；想發財的賭客則是噓聲四起，抱怨臨時多出高手增添變數，影響賠率。擂台掌櫃待眾人喧囂完畢，繼續說道：「神功客十分神祕，大會對其背景一無所知，多半不是仙寨寨友。但他武功既博且精，刀劍拳腳無所不包，還特別標榜簡單好學。若能得其神功，定是仙寨之福。大會主辦方在商議之後，特別允其參賽。」

神功客來到前排座位，朝四方招了招手，隨即入座。

擂台掌櫃比了個手勢，龍蛇樓伙計拿來了籤袋，讓參賽高手一一抽籤，決定賽程。掌櫃大聲說道：「各位觀眾，無道神功大賽的規矩比照龍蛇樓擂台，打到一方認輸或死亡爲止！

不同的是，不採車輪戰，獲勝的高手可以休息後再戰。本來爲求神功，大會不願死鬥，但咱們無道仙寨向來沒有不准打死人的規矩。你敢上台，就該有覺悟。畢竟，要是讓人打死了，你的神功必定不怎麼樣。」

上官明月舉手，站起身說道：「當眞面臨生死關頭，本姑娘會出手相救。只因我不喜歡看人無端慘死，亦不希望神功失傳。只不過姑娘救不救得了你，也得看你個人造化了。」

擂台掌櫃接著道：「上官姑娘綽號金州菩薩，菩薩心腸眞是沒話說。好！廢話不多說，籤都抽完了，無道神功擂台正式開打啦！」

□

無道神功大會第一場擂台，由折腰眞人對決呂三娘。擂台掌櫃請兩人上台，隨即退到場邊，宣布比武開始。

「沒想到這場比武搶先出手的是折腰眞人！所謂好男不跟女鬥，折腰眞人毫不留情，可見不是好男。」擂台掌櫃照例評論比武。「呂三娘可眞不含糊，你看她左閃右躲，花枝招展，折腰眞人連她裙襬都摸不到一塊兒。哎呀！這一扭身，好似沒骨頭般，呂三娘的筋骨鍛鍊異於常人，多半與她的職業有關。折腰眞人一招一式打得清楚，手腳卻不夠俐落，十分容易閃躲，看來他的外家功夫並不到家。但是大家不要慌，莫以爲他是濫竽充數，你瞧他所有攻守都是右手爲之，左手始終藏在袖管之中，蓄勢待發。據說他的炎涼神掌施展開來，可了不得。呂三娘投鼠忌器，始終有所顧忌，這才竭力閃躲，錯失不少良機。你瞧，折腰眞人脅下破綻，她只消反手便能拍中，卻就是不敢。咦？這回又換呂三娘賣破綻啦！哈哈，果然折腰眞人也不躁進。他的炎涼神掌雖然厲害，呂三娘的陰陽訣也不容小覷。萬一中她一招，當眾噴精如血，高潮不斷，那折腰眞人可就不用做人啦！」

上官明月看了片刻，知道兩人武功平平，均非高手之流，只是絕招厲害，偏偏又遲遲不出絕招。她微微恍神，眼光轉向樓梯口，想看看血如冰來了沒。坐在她右邊的燕建聲見她分心，探頭過去道：「就他們這點三腳貓功夫，也來參加神功大會。難怪月兒看不下去。」

上官明月搖頭：「如冰說折腰眞人的大寒丹厲害非凡，絕不能沾。我本盼呂三娘功夫不濟，不須他出到炎涼神掌便能打發。想不到她骨骼精奇，能扭能纏，折腰眞人若想取勝，非把她打成冰柱不可。你說她的陰陽訣如何？」

燕建聲道：「陰陽訣倒眞有吸納對手功力之效，只是吸得不多，納得更少，與我大道神功不可相提並論。若遇到功力遜於己身的對手，她可以吸走約莫兩成功力，令人一時間筋肉痠軟，四肢無力，她便趁機擊倒對手。但若遇上功力相若之人，她便未必能收此奇效了。」他搖頭嘆氣。「可惜，太可惜了。她一介風塵女子，單憑自悟，竟能練成如此奇功，實乃武學奇才，若自幼便有名師調教，定是絕頂高手。人生各有際遇，令人唏噓。」

擂台掌櫃突然大聲：「好哇！呂三娘自認看破對方手腳，開始搶攻啦！她轉守為攻，攻勢猛烈，折腰眞人單靠右手，難以招架，肩頭、屁股接連中掌。屁股這一下，他的左手本可輕易擋下，卻反而縮手避開，可見他的炎涼神掌等閒不可出手，定是一掌分勝負的招式。折腰眞人中了兩掌，身形窒礙，也不知道是受了傷，還是陰陽訣威力不凡。你看他急了，額頭冒出斗大汗滴，左掌蠢蠢欲動。此戰勝負就快要揭曉啦。」

上官明月右手掰下板凳一角，握在手中，專注凝視場上，隨時準備發難。

折腰眞人向後翻身躍起，落在擂台場邊，使勁稍微再大一些，便要摔出場外。他大喝一聲，雙掌平舉身前，說道：「呂三娘，貧道念妳造福仙寨，澤被紅塵，不願痛下殺手。妳若逼我使出炎涼神掌，死成一條冰柱，可划不來！」

呂三娘道：「老娘風流大半輩子，如今已是殘花敗柳，無人光顧。若不趁此神功大會，打響陰陽訣的名號，今後只會晚景淒涼。折腰，我看準你炎涼神掌只能出一掌，這掌你要是未能得手，非輸不可。為了下半輩子，老娘賭了！」說完，身法詭異，欺身而上。

折腰眞人拚著腹部中她一掌的危險，以右臂勾住呂三娘上身，高舉左掌，朝呂三娘的天靈蓋拍落。

上官明月快如閃電，眨眼間躍上擂台，一手拉退呂三娘，另一手抓著木塊，對上折腰眞人的炎涼神掌。就聽見啪地一聲，木塊變冰變白，當場化爲碎片，濺落滿地。上官明月憑藉著玄日宗轉勁訣的神奇運勁法門，手中木塊一對上對方掌力，便即洩光所有力道，絲毫不受炎涼神掌的掌力，或大寒丹的藥性所傷，帶著呂三娘全身而退。呂三娘以爲勝券在握，卻在轉眼間命懸他手，接著又逃出生天，情緒起伏之下，竟在上官明月懷中暈了過去。上官明月朝擂台掌櫃揮手，掌櫃連忙派兩名伙計上台扶走呂三娘，隨即宣布折腰眞人獲勝。

不少觀眾想起鬨說沒看到炎涼神掌把人打成冰柱實在不過癮，但不敢在上官明月面前造次，只好摸摸鼻子忍下來。他們不禁懷疑有上官明月在場，今晚本應精彩萬分的比武擂台，可能不會那麼精彩了。

掃下擂台上碰不得的碎冰之後，換神功客與韓不幹上場。韓不幹的腰帶上插著一支大毛筆，神功客背上揹了把傘。兩人徒手抱拳，誰也沒先拔武器。

韓不幹面對只留兩個眼洞的白瓷面具，笑呵呵說道：「神功兄，你這張面具做工細緻，那兩個洞挖得好呀。看來兄台手藝也挺好的。」

神功客的嗓音透過面具而來，絲毫不覺窒悶，清清楚楚地傳開。在場高手全都神色一凜，知道此人內力深厚，絕對不可小覷。他的嗓音滄桑，語調玩世不恭，說道：「是呀，老夫心性不定，什麼都想學一點。這回來到仙寨，聽說那天工門江堂主要參加神功大會，一時技癢難耐，便想做幾個巧思機關，跟他較量較量。哎呀，照這賽程來看，也不知有無機會對上他。」

韓不幹豎起大拇指：「原來神功兄也喜好機關，佩服佩服。卻不知閣下這回卻是爲了何事入仙寨呢？」

神功客道：「我是來找徒弟的。」

「徒弟怎麼了？」

「走丟了。」

韓不幹搖頭：「一般外人在仙寨中走丟，只怕早已死了呀。」

神功客也搖頭：「我徒弟福大命大，不會這麼容易死的。」

「兩位聊完了嗎？」擂台掌櫃怕觀眾不耐煩，插嘴說道：「聊完便開打吧！」說完，舉手一揮，宣布擂台開打。「好哇！韓不幹說幹就幹，一開打便衝向對手，不知道的人還以爲他搞偷襲呢！神功客談吐清楚，氣度不凡，明眼人一看就知道他是宗師級的高手。韓不幹擔心自己不是對手，意圖搶佔先機，可謂明智之舉。啃？瞧不出韓不幹沒沒無聞，打起架來還眞不含糊。你看他右手剛猛，左手飄逸，竟然左右分使兩套不同的掌法。光這分心二用的功夫，能做到得心應手可不容易。好哇！這一掌差點抓到神功客的面具！不錯，不錯！倘若神功客戴面具是不想讓人認出來，揭開面具認上一認，說不定能判斷他武功家數。說起這武功家數，本掌櫃的見識不凡，但也不能單憑這閃閃躲躲的，就看出神功客何門何派。我說韓不幹呀，你可得加把勁，起碼逼得人家出手，咱們才有看頭呀！」

韓不幹右掌上，左掌下，雙掌畫圓，兩套掌法合一，威力當場倍增。他大喝一聲，掌影狂亂翻飛，有萬馬奔騰之勢，只看得觀眾張口結舌，眼花撩亂。

「好哇！今晚號稱神功大會，終於讓人看到神功啦！小畫攤的潑墨雲手，果然是從畫馬之道衍伸出的武功。一般練亂掌的人，雙掌能化為十六掌，已經堪稱高手。韓不幹以其潑墨之勢，堪化為三十二掌，實力可居一流高手之林。可惜他功力稍嫌不足，每掌蘊含的內勁分了強弱，儘管掌勢綿密，還是讓對手能靠走位閃躲。哎呀，你瞧我說得什麼啊？好像誰都能閃過潑墨雲手般。沒那回事啊！神功客能夠閃過，乃是因為他武功卓絕，在場可沒幾個人能閃過這潑墨雲手的啊！」

燕建聲側頭低語：「此人武功不在妳我之下。」

上官明月揚眉：「你說韓不幹還是神功客？」

「神功客。」燕建聲道。「韓不幹武功雖高，還不是妳我對手。」

上官明月凝神觀戰，回答得心不在焉。「這潑墨雲手著實厲害，倘若對手是我，閃到此刻已然閃避不及，必須動手招架。這神功客遲遲不肯招架，究竟所為何來？難道他真擔心一出手，會被人認出武功家數？」

燕建聲微笑：「韓不幹內力不濟，如此出掌出不了多久的。」

韓不幹身體疾旋，落在兩丈之外，雙掌反向畫圓，乃是潑墨雲手的收招勢。他深吸口氣，調節呼吸，問道：「神功兄，在下如此出招，你都不肯反擊，難道這潑墨雲手入不了閣下法眼嗎？」

神功客哈哈一笑，說道：「韓兄弟最厲害的，還不是這潑墨雲手吧？」

韓不幹皺眉：「你怎麼……」

神功客手一攤：「你那麼大支筆插在腰帶上，總不會是插好看的？」

韓不幹右手移到腰間，握住筆桿，緩緩道：「這筆上招式，多有陰險。再下等閒不拿出來使的。」

神功客搖手：「你筆都帶上台了，拿出來耍耍。」

「得罪了。」韓不幹拔出筆來，踏步搶攻。

「出來啦！出來啦！小畫攤出兵器啦！」擂台掌櫃大聲喝道。「此筆不出，我還不知道。這麼一出筆招，我就看出來啦！各位看到了，上一筆還插向對手眼珠，下一筆已經換戳對手下陰。如此陰險，上一代江湖赫赫有名的招式，乃是『石墨才子』的『一筆破雙珠』。是破上雙珠還是下雙珠，總之都沒好下場啊。當年石墨才子書畫雙絕，文房四寶都入了武學。只可惜他人品不好，創出的功夫陰毒至極，縱橫江湖沒多久，便讓正派高手圍剿，絕跡江湖。好哇，原來石墨才子有傳人。韓不幹帶了『魂飛筆』，卻備而不用，人品已經比他師父高啦。不過，在神功客這等高人面前，若不使奸耍詐，肯定毫無勝算！」

韓不幹人筆合一，內勁透過筆桿運轉，筆毛可硬可軟，若是讓他刷到一筆，可不得了。神功客不再托大，終於出手招架。但見他勾拐拿扣，盡是一般擒拿手法，始終不露武功家數。韓不幹連使了幾筆陰招，專攻下陰要害，全都讓對手擋下。最後一筆若非神功客刻意容讓，只怕魂飛筆都要讓他奪走。韓不幹心知今日有輸無贏，只想知道自己敗在什麼人手裡。他把心一橫，大喝：「絕招來啦！」扣下筆桿上的機括，暗藏管中的毒墨水滲入筆毛，接著拍擊筆底，筆頭的筆毛嘩啦一下，宛如雨滴般，激射而出。

神功客拔傘撐傘，舉在面前，毒筆毛盡數插在傘面上。神功客輕拍傘柄，震出筆毛，緩緩飄落地面。他看看滿地黑幽幽的筆毛，再抬頭看看韓不幹，問他：「好歹毒的暗器。我且問你，可曾使此暗器殺過人？」

韓不幹垂頭喪氣，神情悔恨。「有。我曾爲師報仇，殺過一人。」

神功客側頭瞧他臉色，又問：「之後你便退隱江湖了？」

韓不幹點頭：「隱居市井，賣畫維生。」

神功客道：「好。你學了歹毒的武功，卻沒有歹毒的念頭。老夫也沒什麼好教訓你的。你下台去吧。」

韓不幹抱拳行禮，正要下台，擂台掌櫃卻不高興了。「神功大爺！你功夫精妙，盡破韓不幹神功，大家都看得滿意。但你好歹也露一手神功給大家瞧瞧呀！不然，大會怎麼定你的賠率呢？」

神功客轉頭：「大家賭我贏，不就行了嗎？」

擂台掌櫃搖頭：「不成啦。閣下再怎麼說也是外地人，咱們仙寨寨友是有自尊的，當然想賭自己人贏呀。再說，咱們也有高手，你可不能小覷。」

神功客點頭：「說得也是。抬兩張長凳上來。」

擂台掌櫃讓伙計抬了兩張三人合坐的長凳上台，在擂台中央豎立而起。神功客右手貼上一張長凳凳面，手臂一震，掌心貼處的木板當場焦黑，隨即冒出火舌。群眾譁然驚呼，紛紛鼓掌叫好。

神功客說：「這是火掌。」接著，左手貼上左方長凳，手臂一抖，凳面變白結霜，發出清脆碎裂聲，當場變成冰塊。「這是冰掌。」

群眾再度叫好，皆稱開了眼界，不虛此行。

擂台掌櫃神色嘆服，問道：「如此神功，可有名頭？」

「名頭？」神功客仰頭凝思。「就叫『無道陰陽掌』吧？」

掌櫃問：「這麼隨性？」

神功客答：「是呀，還很好學。」

掌櫃不信：「好學？」

神功客朝台下江懷才一比：「沒錯，你問江堂主就知道了。」

江懷才瞪大雙眼，骨碌碌地亂轉，回想神功客的出招手法，以及自己之前試做的法門。倘若，這神功客的陰陽雙掌，都是藉巧妙機關施展，那此人的機關之術絕不在自己之下。江懷才微微點頭，愣愣說道：「這好學嘛……大概比拿筷子吃飯難一點點，但要做到閣下如此舉重若輕……只怕得花不少錢呀。」

神功客兩手一攤：「有一好沒兩好。」他問擂台掌櫃：「老夫露了兩手，可以下去了吧？」

掌櫃點頭：「請下台。」

神功客邊下台邊大聲道：「無道陰陽掌，威力驚人，簡單好學。無道神功，捨我其誰？哈哈哈！」說著，穿越群眾，大步走回之前等候的廂房，不知是去休息，還是調校什麼機關。

□

上官明月始終盯著神功客的背影，直到他關上房門。燕建聲見她若有所思，問道：「他這陰陽雙掌如此駭人，難道眞是天工門那種機關做出來的？」

「江懷才都這麼說了，看來是不假。」上官明月眉頭深鎖。「妳瞧他那佩服的神色，彷彿神功客的手藝比他還巧。當今世上還有什麼人，能在工藝機關方面蓋過天工門的？」

燕建聲道：「莫非是天工門本門的前輩高人？」

「嗯……」上官明月再度轉向樓梯口。「都已經打完兩場了，如冰怎麼還不來？」

「妳在擔心什麼？」燕建聲問。

上官明月道：「洪荒派之事存有蹊蹺，毛眞此人詭異可疑。我怕如冰放心不下，又去惹事。」

燕建聲搖頭：「不怕，毛眞人在這裡，洪荒派別無高手，血如冰應付得來。」

擂台上傳來怒罵聲，馮小手指著同在台上的江懷才罵道：「姓江的，你天工門分堂滿天下，為何跑來搶我生意？王八蛋！」

江懷才苦口婆心：「馮兄切莫誤會，兄弟不是來搶你生意的，實在是你生意太好搶了。你想想看，巧藝坊做的器具老是出問題，挖的地道經常坍方，密室的機關門推不動，架好的機關箭又射不出去，封門石沒事還會掉下來把門封死，你看看，我還沒說你收費昂貴呢。仙寨寨友都是有眼睛的。有更好的選擇，誰會花錢找氣受呢？各位說，是不是啊？」

「是啊！是啊！」「馮小手吃狗屎！」「巧藝坊是黑店！」「要不是江堂主清掉你的封

門石，老子早就餓死在洞裡啦！」「王八蛋，請你挖個地窖，你收我二百兩！江堂主只收一百九十兩呀！」「這也沒差多少嘛！」「十兩不是錢呀？」「機關箭射不出去也就算啦！你在我院子裡挖的洞，人都掉不下去，是怎麼回事呀？」

馮小手惱羞成怒，跟群眾對罵：「放屁！巧藝坊多年商譽，豈容你們如此詆毀？好哇！你們這些傢伙，定是收了江懷才的錢，在這裡信口開河！待老子今日收拾江懷才，改天再找你們算帳！」說完，猛踏擂台，飛身而上。

擂台掌櫃喊道：「打啦，可開打啦！我就說馮小手是大老粗，說不過人就動手。你想用暴力解決問題，也得打得過人家再說呀！巧藝坊原是軍隊工兵起家，練的是土團白條軍的團練功夫，源自天海派的『橫練拳』。此拳能把人練得皮粗肉厚，卻不是什麼高明功夫，在場有不少寨友都練過。所謂『吋進拳』，不過就是在橫練拳中加入機關輔助，於意想不到的時刻強拳突擊。力道是夠威猛，但要說是神功，只怕還差得遠了。」

馮小手直拳突進，手臂暴長一吋，險些擊中江懷才，喝道：「威猛又好學，還不是無道神功？」

擂台掌櫃又說：「話說江堂主的天工門，也有一套鍛鍊筋骨的功夫，喚作『巧奪天工拳』。這套拳法並非純粹外功，還包含了沉心靜氣的內功心法，以便在鍛爐前長時間忍受高溫。兩家工程精劣之分，與他們的基本功也有關聯。江堂主精益求精，除了本門武功之外，還自創了天工霸絕刀。新舊功夫搭配，端的是力量加倍，比起絕頂高手雖尚有不足，但對付跳樑小丑，可是綽綽有餘了！」

馮小手大罵：「臭掌櫃的！你信不信我把你打成肉醬？」

江懷才矮身出腳，差點掃倒馮小手。

「哈哈！你還有空罵我？」擂台掌櫃笑道。「吋進拳還自稱神功？連天工門入門功夫都打不過。我告訴你，江堂主是看你面子，這才遲遲不出霸絕刀。等他手刀隔空劈出刀氣，你連怎麼死的都不知道！」

上官明月聽血如冰提過天工霸絕刀的厲害，此刻眼看馮小手功夫不行，還出言挑釁，深怕江懷才一時忍耐不住，當眞把他給砍了，是以全神戒備，隨時準備上台止鬥。突然有人拍她肩膀，叫聲：「上官姊。」上官明月嚇了一跳，抬頭見是血如冰，大喜起身，牽著她的手又要坐下。

「如冰妳可來了。」一看血如冰身後跟著一名拄拐杖的獨腳男子，連忙正色問起：「這位是？」

血如冰笑著介紹：「這位是七海遊龍方勝天。方大哥，這位是我上官姊姊。」

方勝天神色惶恐，躬身抱拳，拐杖都差點掉了。「上官姑娘俠名遠播，勝天有幸得識，眞是此生不枉了。」

上官明月回禮道：「不敢。方兄腳上不便，坐下來說。」

三人擠在長凳上。上官明月問起遲到緣由，血如冰便將再探洪荒派之事說了出來。上官明月聽說師弟邱長生身陷洪荒派，不但遭到囚禁，還飽受虐待，心急之下便要趕去找他。

血如冰道：「姊姊不急。邱大俠此刻在掮客居休養，如冰找了醫館巷三個名醫前去醫治，足足治了兩個時辰，性命絕對無礙。我還去刀客窟雇了幾名刀客守衛掮客居，妳不必擔心他的安危。」

上官明月轉頭瞪向毛真，只見毛真也在看他們。她說：「邱師弟可有說毛真為何刑求他？」

血如冰搖頭：「邱大俠高燒不退，神智不清，只說毛真仇視玄日宗。箇中細節，得等他明日睡醒再問了。」

毛真站起身來，繞過擂台，朝血如冰等人走來。

上官明月眼神示意：「如冰。」

血如冰回頭看見毛真，輕聲道：「我帶方大哥來，就是要讓毛真知道私設地牢之事已經敗露。姊姊不必擔心，且讓如冰應對。」

毛真來到眾人面前，先朝上官明月與燕建聲抱拳行禮，說道：「燕掌櫃，上官女俠，老夫毛真，新任洪荒派掌門人。事出突然，沒有發帖宴客，實在怠慢，望兩位莫怪。」

燕建聲皮笑肉不笑：「毛掌門不必客氣。掌門這種事，能做多久也說不準。你發帖，咱們也不一定會去呢。」

毛眞臉色一沉。上官明月又道：「人家說一丘之貉，又說蛇鼠一窩，貴派前任洪掌門不是東西，不知毛掌門能好到哪裡去。」

毛眞臉色再沉，問道：「兩位初次見面，爲何對老夫如此無禮？」

上官明月直言：「只因本姑娘聽說了閣下一些醜事，著實瞧你不起。」

毛眞皺眉：「看不出上官姑娘是道聽塗說之人。」

上官明月往身旁一比：「人證都坐在我身旁了，你跟我說道聽塗說？」

毛眞看了方勝天一眼，又說：「老夫……」

「別老夫了。」上官明月滿臉嫌惡。「我上官明月成名多年，你毛眞不過是個沒沒無聞的糟老頭，有什麼資格跟我倚老賣老？」接著搖搖手。「算了、算了。你這麼老了，別來給我找氣受。你是來找如冰的。找如冰去。」

毛眞張口結舌，搭不上話，只有愣愣往旁跨出一步，站到血如冰面前。血如冰似笑非笑地看著上官明月，片刻過後，才抬頭面對毛眞，笑道：「毛老爺子，別來無恙？」

「托血姑娘的福。」毛眞咳嗽一聲，問道：「血姑娘今日又駕臨寒舍了？」

「是呀！」血如冰故作天眞。「上回不是說名冊裡尚有三人失蹤？如冰找到了呢！」

毛眞點頭：「姑娘冰雪聰明，膽識過人，佩服佩服。」

血如冰笑問：「如冰有一事不明，想向老爺子請教。」

「問。」

「就是你呀……」血如冰兩手往前一攤，「你究竟想幹嘛呢？」

毛眞笑容神祕，一副城府深沉的模樣。「妳一會兒就知道了。」說完，舉步便走。

血如冰等他走出兩步，又問：「眞的嗎？眞的一會兒就知道了嗎？」

毛眞停步，回頭看她。

「如冰是怕老爺子自己都不知道呀。」

毛眞臉上閃過一絲怒容，悻然返回自己的長凳。

這時台上撞擊聲起，觀眾群起叫好。血如冰抬頭看去，只見馮小手摔在地上，鼻青臉腫，兀自不肯認輸。

江懷才站在他身前，雙手扠腰道：「馮兄，江某練功只爲強身，從不與人過招。你的神功連我都打不過，還是別再丟人現眼了。你說過輸的人要滾出仙寨，可別忘了自己的話。」

馮小手說：「你又沒答應！」

「沒答應就當沒說過了嗎？」

馮小手突然兩手猛甩，袖中暗藏的飛鏢激射而出。江懷才站得近，沒料到他身懷暗器，加上臨敵經驗不足，完全沒有閃躲，只是情急之下右掌上揚，牽動手腕機括，施展出他的天工霸絕刀。就聽見啵啵兩聲，加上唰的一聲，馮小手和江懷才同聲慘叫。馮小手左手齊腕而斷，鮮血狂噴。江懷才胸口兩柄飛鏢卻咚咚兩下，落在地上。原來江懷才有備而來，穿了天山玄鐵打造的細鍊寶甲，雖稱不上刀槍不入，要擋下飛鏢暗器，還是綽綽有餘。

「天工霸絕刀！大家瞧見啦！天工霸絕刀啊！」擂台掌櫃大喝。「馮小手偷施暗算，江堂主迫於無奈，隔空發氣，碰都沒碰到人家，刀氣就把人家的手掌給砍下來啦！」

數百人擠在二樓一個晚上，就等著看刀光血影的精彩場面。一時之間，龍蛇樓歡聲雷動，鼓掌叫囂到整座樓都在晃動。

上官明月一邊隨血如冰為江懷才鼓掌，一邊問她：「妳看毛眞究竟意欲何為？」

血如冰搖頭：「他幹了好多事，但卻說不出重點何在。他對付洪無畏，不知是為民除害，還是奪權上位，或者挾怨報復，我想多半都有。抓方大哥，承認殺師大仇，卻教他刀法？他囚禁周容生，玩弄孫有道，似是有心挑起梁、晉王府之間的紛爭，避免朱全忠謀朝篡位。至於他跟玄日宗之間的恩怨，上官姊既然不知，如冰更不清楚了。」

上官明月看著正要上台的毛眞。「無從判斷他今晚來此，究竟有何目的？」

血如冰又搖頭：「他或許眞是為了千兩黃金而來；或許想要在神功大會揚名立萬；搞不好他要殺什麼人，也可能只想大鬧一場。總之，我急急趕來要阻止毛眞，卻連要阻止他做什麼都不知道。」

上官明月看向擂台另一邊的浮沙眞君，只見他神態自若，雙手抱胸，注視著毛眞，等候伙計拖乾擂台上的鮮血。「浮沙眞君倒也沉著，面對粉身碎骨拳，絲毫不露懼色，莫非他當眞身懷驚人絕技？」

血如冰噗哧一笑：「他靠嘴吃飯，強在定力，天塌下來都面不改色。但遇上毛眞，這套可不管用。」

上官明月神色凝重：「想要保他不死，我可得凝神觀戰。」

血如冰皺眉：「姊姊，毛眞再厲害，也不會是妳的對手吧？」

上官明月苦笑：「姊姊的名頭大於功夫。我又不是天下無敵，哪知道是不是對手？他若眞會粉身碎骨拳……唉，說到底，他究竟會不會？」

「應該會吧？」

「各位寨友！」擂台掌櫃聲如雷鳴。「期待的時刻終於到了。幾個月來鬧得沸沸揚揚，卻始終無人當眞得見的粉身碎骨拳，終於要在龍蛇樓擂台上讓大家開開眼界啦！辛苦浮沙眞君爲大家示範粉身碎骨，咱們一起爲眞君鼓掌叫好！」

所有人奮力鼓掌，高聲叫好，稱讚浮沙眞君捨己爲人，普渡眾生。

浮沙眞君冷笑一聲，說道：「粉身碎骨拳固然厲害，我的火雲神功卻也不差。」

毛眞也冷笑一聲道：「道友，我的粉身碎骨拳一出，你當場就要死無全屍。我勸你眞有本事再來較量，若是招搖撞騙，趁早下台去吧。」

浮沙眞君搖頭：「道友，中了我的火雲神功，你五臟六腑都會焦黑乾脆，從裡燒到外，滋味好比油鍋地獄，堪稱世上最淒慘的死法。」

毛眞也搖頭：「無法苟同。粉身碎骨拳顧名思義，打得你粉身碎骨，血肉橫飛，那死狀之淒慘，嚇到小朋友可不好了。我勸你還是不要以身試招。」

浮沙眞君豎起大拇指：「說得不錯！然則我們火雲神功收放自如，若運起十成功力，當場化為焦屍自然不在話下。但若施展出『小火式』，在你體內種下火種，哎呀！那可是要燒上七七四十九天才能通體熟透，實在是刑求拷問、報仇雪恨的最佳選擇。」

毛眞雙掌一拍：「說起我們粉身碎骨拳……」

擂台掌櫃搶先寨友罵道：「有完沒完？你們到底打不打呀？」

浮沙眞君搖手道：「掌櫃，掌櫃，別急嘛。這姓毛的就靠一張嘴，你不給他機會說話，待會兒一開打就結束，他可就沒機會露臉了。」

擂台掌櫃指著毛眞道：「給我打！」

毛眞不再說話，踏步上前。浮沙眞君站在原地，不避不讓，拉開雙掌，蓄勢待發。他的火雲神功跟折腰眞人的炎涼神掌如出一轍，都是在掌心包覆薄膜，夾住丹藥，只待一掌擊中對方肌膚，便能發揮藥性，燒死或凍死對手。他聽說過洪荒之夜的傳聞，知道毛眞武功高強，自己不必妄想在招式上勝過他，是以決定先說大話激怒對方，再伺機摸他一下。

毛眞逼近浮沙眞君，刻意斜眼瞧向上官明月，嘴角微微上揚。

上官明月眉頭深鎖，站起身來，一腳跨上擂台。

毛眞左臂橫掃，自手肘處隔開浮沙雙臂，接著右拳直進，大喝：「粉身碎骨拳！」

上官明月後發先至，用肩膀頂開浮沙眞君，使出玄日宗最飄渺輕柔的「雲仙掌」，出右掌接下粉身碎骨拳。拳勁一入體，上官明月立刻瞪大雙眼，神色驚異，彷彿有面狂風暴雨般的巨牆迎面撞上，當場要把自己渾身的血肉攪碎，骨骼折斷。她右掌疾翻，順勢轉勁，本能地以己身內力包覆敵勁，任其在自己體內奔騰翻覆，竭力以柔軟似水的雲仙勁，襯墊那股洪荒之力。

毛眞見此拳竟然沒讓上官明月粉身碎骨，臉上的訝異不亞於上官明月。他收回右拳，看上官明月仍停在原地，沒有相應動作，心知她還在化解洪荒勁，於是冷笑一聲，說道：「上官姑娘俠義心腸，可別爲了一個死人枉送性命。」接著又朝浮沙眞君揮拳。浮沙雙掌齊出，分別自左右抓向毛眞的拳頭。可惜毛眞此拳看似不快，畢竟還是避開了他的藥丸，直接擊中胸口。

浮沙眞君粉身碎骨，血花四濺，噴出兩丈有餘，位於其後的數十名觀眾，都被噴了個血肉模糊。一名女子接到眞君的頭顱，嚇得花容失色，尖叫不斷。不少觀眾給嚇得跳了起來，也不知有沒有避過眞君血肉。眞君腰身以下尙留在擂台上，啪搭一聲摔倒在地，僅存的腸血流出，模樣十分恐怖。

「粉身碎骨拳……」擂台掌櫃首度語塞。「粉身……果然……這個厲害呀。想不到粉身碎骨拳居然是眞的。」

四面八方嘔吐聲不斷，完全沒有喝采聲。

上官明月終於氣血暢通，深深吸氣，緩緩吐出，儘管受了內傷，但經過一番激烈轉勁，內功修爲有所突破，轉勁訣進入第七層境界。她側頭吐出一口淤血，看看地上的半具屍首，回頭對毛眞說道：「毛掌門果然厲害，夠格在姑娘面前自稱老夫。」

毛眞志得意滿，哈哈大笑：「哈哈哈！上官姑娘沒有粉身碎骨，老夫也是十分佩服的，哈哈哈！」

上官明月轉身走到浮沙下半截屍首前，低頭看他，心下默唸：「浮沙眞君，上官明月本事不濟，保不了你，在此謝罪了。願上天保佑你在天之靈，下回莫再投胎於亂世之中。」她後退一步，抱拳行禮，轉身便要下擂台。

卻聽毛眞在身後道：「上官姑娘既然上得擂台，不跟老夫分個勝負，就想下台了嗎？」

第十七章 明月洪荒

上官明月面向台下，朝燕建聲微微搖手，要他別輕舉妄動。她轉身笑道：「毛掌門，此乃無道神功大會，咱們不可搶了各家神功風采。你要找我比試，改天再說吧。」

毛眞搖頭：「數百年來，咱們洪荒派的『開劫碎難拳』只有玄日宗神功能夠匹敵。妳若此刻下台，一會兒不管誰對上老夫，妳都還要再上台救人，不如咱們就直接比了吧。」

上官明月道：「毛掌門此言差矣。」她比向已經被伙計抬到擂台邊的浮沙眞君下半截屍身。「你已做此示範。倘若其他人還敢跟你打擂台，那是他們自己找死，我就不麻煩了。」

毛眞大笑：「原來上官姑娘怕了？」

上官明月微笑：「怕不怕還在其次。適才短暫交鋒，姑娘我明顯吃虧，所謂識時務者爲俊傑。你當眞要打，也不是不行，但你總得給我個更好的理由啊。」

毛眞揚手朝觀眾問：「洪荒派對決玄日宗，大家看是不看？」

被粉身碎骨拳波及的觀眾，尙在驚嚇嘔吐中；坐得遠的觀眾，則有不少震懾於毛眞神功威力，不敢搭腔，但還是有許多好事之徒應聲道：「要啊！神功大會就是要看眞神功啊！」「當世神功對決，豈有不看之理？」「掌櫃的！快開新盤，老子要壓上官姑娘贏！」「看啊！一個大男人欺負嬌滴滴的姑娘，還有比這更好看的嗎？」「我說毛大爺，上官姑娘是仙寨美人榜上有名的人物。你若把她打成肉醬，老子跟你沒完啦！」「上官姑娘名滿天下，你這初出茅廬的糟老頭，給人家提鞋都不配！」「毛眞吃狗屎！」「上官姑娘快教訓他！」

毛眞開懷大笑，說道：「上官姑娘，寨友都說要看，這理由夠好嗎？」

上官明月搖頭，揚手要群眾安靜，端出昔日擔任玄日宗分舵主時的架勢，正色說道：「毛掌門既然把比武說成是洪荒派對決玄日宗，那咱們便先把這恩怨說個清楚。不知本宗如何得罪毛掌門，竟然讓你恨之入骨？你私設地牢，囚禁本宗邱長生師弟，以殘酷刑罰，折磨到他體無完膚。這究竟所爲何來？還請洪荒派給個交代。」

後排有幾個好事之徒，躲在樑柱後面，不敢讓毛眞看見，搭腔大叫：「喔！原來毛眞也跟洪無畏一樣，喜歡囚禁人！」「洪荒派專門囚禁人的！」「洪無畏囚禁女人還說得過去，毛眞囚禁男人卻是爲什麼？」

燕建聲趁機跳上台來，指著毛眞說道：「毛掌門，此事你可得交代清楚。邱長生是玄日宗現任掌門梁棧生的大弟子。你這樑子結得可大了。若不交代清楚，日後玄日宗興師問罪，那可是全仙寨的事情。」

黃皓也在台下道：「本寨與玄日宗合作興建桃花源，雙方可是有交情的。你若與玄日宗爲敵，就是與仙寨爲敵。到時候就算咱們不綁了你交出去，也不會阻止玄日宗入仙寨辦事。

毛眞，你跟玄日宗有何恩怨，趁早交代清楚。倘若眞是玄日宗不對，上官姑娘乃是明辨是非之人，不會爲難你的。」

毛眞見眾人都針對自己，心下微怒，喝道：「黃皓，當年黃巢軍覆滅，與玄日宗有極大關係。你這不肖子孫，竟與玄日宗掛勾，跑來爲難忠心輔佐大齊國的洪荒派！」

邱寂寥赫然起身，說道：「洪荒派輔佐大齊國時，你毛眞人在何處？如今形勢不對，卻來撿這現成便宜？告訴你，齊軍退入欲峰山，從前種種便都過去了。二十年來，咱們經營仙寨，爲的是重新開始，可不是爲了出去造反。」

「好一句都過去了！你過去了，我毛某人可沒過去。」毛眞指向上官明月，厲色道：「妳問我與玄日宗有何恩怨，我這就告訴妳。百年前，玄日宗的雨晨曦，在決鬥中擊斃本派宗師洪開山，奪走『開劫碎難拳』拳譜，導致本派絕學失傳，一蹶不振。老夫二十餘年前意外得知兩人相約決鬥之所，決意追查祕笈下落，經年查訪之下，終於讓我在嶺南道無名深山中找到雨晨曦歸隱求道的洞府。」

毛眞突然臉色一變，彷彿心有餘悸。「想不到那乾屍般的老妖怪，一百多歲居然還沒死。他身懷玄日宗百年功力，一出手便將我制服，逼我吞食蠱毒，日夜受盡折磨，給他做牛做馬，服服貼貼地服侍他。那五年，我生不如死，宛如置身地獄。除了幻想日後要如何炮製那老妖怪之外，此生再無其他意義！」

上官明月問：「後來你是怎麼逃出來？」

「逃出來？」毛眞聲色俱厲。「落入玄日宗魔頭之手，豈有可能逃得出來？那些年，老夫七次逃亡，每次都讓老妖怪抓回去，受那萬蠱蝕心之苦。到得後來，我意志消沉，滿心以爲此生將以奴僕收尾。幸虧老妖怪煉錯金丹，服藥後走火入魔，我才終於有機會擺脫他的掌握。」

「你就帶著祕笈逃了？」

毛眞搖頭，神色癲狂。「我趁那老妖怪神智不清，花言巧語哄騙他，終於讓他臨終前把一身功力過嫁給我。你們玄日宗的轉勁訣果然神妙，內力可放可收，可吸可納，即便只收了他一半功力，也足以讓我無敵天下。」他冷冷一笑，對上官明月道：「我練成神功，回歸仙寨，那都是後話了。妳問我跟玄日宗有何深仇大恨，這就告訴妳了。我問妳，我抓個玄日宗弟子回來折磨幾個月，過分了嗎？」

上官明月道：「雨晨曦乃本宗棄徒。當年他心術不正，入了魔道，被本宗長輩趕了出去，之後下落不明，原來落到這個下場。倘若他眞如你所言，足足折磨你五年，你對本宗懷恨，也在情理之中。然則冤有頭、債有主，邱師弟與你素不相識，你如此對他，不過分嗎？」

毛眞哈哈大笑：「這冤冤相報何時了的事，老夫早就想清楚了！當年雨晨曦欺負我，是因爲他辦得到，而我逃不了。當今世道，弱肉強食，拳頭大的人說了算。我欺負邱長生，是因爲我辦得到，而他逃不了。事情就是這麼簡單，其他說再多都是廢話！妳認爲我對邱長生不公，那就來跟我比比拳頭。拳頭最公道！拳頭從來不說謊！」

血如冰一早就拉了江懷才，默默爬上擂台，直到此刻才終於開口：「毛老爺子，上官姊姊適才已經被你打傷了，你現在要跟她比武，不會勝之不武嗎？」

毛眞瞪她：「血姑娘怎麼這麼說？適才是正面交鋒，可不是我偷襲她。眞要說起來，我跟浮沙眞君好好打擂台，是上官明月跑進來偷襲我。倒是妳呀……妳。」毛眞伸手指向她。「老夫待妳不薄，妳卻壞我好事。血姑娘，妳這算什麼？」

「啊。」血如冰輕撫胸口，表情無辜。「因爲我辦得到啊。」

毛眞拳頭一緊，指節嘎啦作響。

血如冰嫣然一笑，又說：「老爺子剛剛說，一會兒就知道你要幹嘛了。如冰想問，你不會就是想跟上官姊姊比武吧？大家聊得這麼開心，你想做什麼？不如就說出來。」

毛眞哼哼兩聲，冷冷道：「我想幹什麼？老夫胸懷大志，何必說給妳這無知女子聽？」

「原來老爺子胸懷大志。」血如冰點頭。「莫非你想趁著神功大會，幹掉黃皓、邱寂寥兩位大爺，整合齊軍勢力，出任仙寨寨主？說不定你還想殺害孫有道，嫁禍李克用，挑起梁、晉王府紛爭，然後趁機出山，角逐天下？胸懷大志嘛！只不過老爺子小鼻子小眼睛的，此等大事多半只是想想而已，正巧玄日宗高手上官明月上得台來，你若當眾擊敗她，那可眞是大大露臉，足以自稱是仙寨第一高手。老爺子機緣巧合，憑空得到百年功力，別的不行，打架最行。遇此良機，豈有不善加把握之理？」

毛眞橫眉豎目，殺氣騰騰，似乎被血如冰的言語刺激到心坎裡。

「說起胸懷大志。」血如冰繼續說道。「要是能成功，該有多好啊？想我毛眞自小不學無術，淪爲門派之恥……世人不懂啊，師父、師兄他們不懂啊！所謂燕雀安知鴻鵠之志？我胸懷大志，只是時運不濟，大家都不把我當一回事。如今我神功大成，拳頭又大又硬，想幹大事不過舉手之勞。我就是要讓那些瞧不起我的人，知道瞧不起我是什麼下場。」

毛眞吼道：「血如冰！」

血如冰無辜回道：「毛老爺子。」

毛眞氣得失了定力，渾身發抖，只想一拳打碎血如冰，偏偏又有點捨不得。他說：「再胡說八道，我就要妳粉身碎骨！」

血如冰道：「就像無邪門滿門十三口那樣？」

觀眾中有不少曾經在小江湖見過無邪門慘狀的，當時認定是洪無畏幹的，此刻聽血如冰這樣提起，皆有恍然大悟之感。

血如冰繼續說：「老爺子爲了鬥垮師侄，奪取掌門之位，如此濫殺無辜，不嫌太過了些？」

毛眞冷笑道：「那都是白老邪咎由自取。我把無畏殘殺女子的證據名單都交給他，他卻爲了顧全顏面，遲遲不肯出面舉發。他若有點骨氣，忍辱負重，無邪門十三口人也不致於死無全屍。」

人群中有人忍不住開罵：「毛眞是殺人魔！」「你濫殺無辜，不得好死！」「可憐如花似玉的白大嫂呀。」「這糟老頭沒人性！」「上官姑娘，快教訓他！」

毛眞怒道：「你們說什麼鬼話？無道仙寨聲名在外，大家都知道這裡吃人不吐骨頭。老夫殺十幾個人，又算得了什麼？」

血如冰代眾人回答：「仙寨有自己的一套規矩，可不表示沒有規矩。今日讓老爺子知道，你想幹什麼，暗地裡幹，眾寨友自掃門前雪，誰也不會多管閒事。而你幹得如此明目張膽，還犯眾怒，若不教訓你，日後誰還壓得下你的氣燄？仙寨沒有王法，所以更講究規矩。做了該死的事，可不是躲在王法後面就會沒事的。你說拳頭公道，倒也沒錯，就怕雙拳難敵四手。」

毛眞突然發難，揮拳喝道：「對付妳，一拳就夠了！」

血如冰戒備許久，一看毛眞攻來，連忙使出霹靂神掌，連消帶打，在毛眞右手胳臂上連拍了三掌。她的功力遠遜於毛眞，三掌宛如擊中鐵柱，只微微偏斜拳勢，使對方對準心頭捶來的拳頭打在右肩上。毛眞只覺得這一拳如中鋼鐵，如中棉絮，雖實實在在打在血如冰身上，卻沒有顯出粉身碎骨的奇效。正感訝異間，左側勁風襲來，是江懷才的手刀；右側一股火熱掌勁，卻是上官明月殺到。毛眞踏步避開手刀，右拳又與上官明月對上一掌。他這一拳倉促變招，沒有運上粉身碎骨拳的洪荒勁，卻想不到上官明月之前綿柔飄渺的掌力，突然變成了燥熱威猛的火掌。上官明月的玄陽掌，是半年前入仙寨時，跟莊森學的，儘管火候不足，畢竟是貨眞價實的火掌，可不是浮沙眞君或江懷才那種唬人玩意兒。

毛眞一時誤判，讓掌力給逼退了三步；站穩腳步後，喝道：「玄日宗就是這樣打群架的嗎？」

上官明月往前一站，擋在血如冰和江懷才面前，笑道：「毛掌門指名道姓挑戰在下，卻又出手毆打血姑娘。亂啦，規矩都亂啦。你的粉身碎骨拳先是打不碎我，接著又對血姑娘無效。依我看，不怎麼樣。」

毛眞眼看血如冰捂著右肩，嘴角滲血，顯然受了內傷，但畢竟沒被打到粉身碎骨，心下暗暗吃驚。「上官明月能夠化解洪荒勁，多半是靠玄日宗前輩傳下、專門對付開劫碎難拳的法門，但血如冰功夫尚未大成，又是如何辦到的？」

原來血如冰擔心遲早會遇上粉身碎骨拳，早就找江懷才參詳對策。天工門多年來一直在研製能對抗武林高手掌勁的寶衣。江懷才自己穿的細鍊寶甲，便有此功效。然則天山玄鐵並非常備材料，且細鍊寶甲製作費時，也不可能在短短數日之內打造出一件來。最後，江懷才以手頭上現有的材料，幫血如冰弄了件「冰血寶甲」，能夠將身受的掌勁，散入整件寶甲中，讓寶甲去承受；至於受得了幾拳幾掌，則端看出招者的內力深淺而定。「以毛眞功力，」江懷才推斷，「多半一兩拳便能把寶甲打碎了。」然則，只要能承受一計粉身碎骨拳而不死，便足以動搖毛眞的意志。

毛眞指著血如冰，對上官明月道：「此女壞我好事，壞我名聲，樑子結得太大，我非殺她不可。上官姑娘執意保她，休怪老夫手下無情。」他左顧右盼，朝群眾道：「誰想保血如冰，就來嚐嚐老夫的粉身碎骨拳。」

躲得老遠的群眾罵道：「老頭子，你別囂張啦！」「對付你，上官姑娘就夠了！」「幹嘛還要上官姑娘，我看血姑娘都夠啦！」「粉身碎骨拳了不起呀，你跪著來求我，老子還不想學呢！」「毛眞吃狗屎！」「毛眞喝馬尿！」

「好哇！」毛眞吼道，「今日一戰成名，大殺四方，重振洪荒派！誰不服的就上來，老夫讓你知道什麼叫天下無敵！」說完，足下輕點，飄向上官明月。

上官明月展開雲仙掌，以仙履幻步的神妙方位，避開毛眞大部分招式。她的功力不及崔望雪，沒辦法化為數條身影，擾人心神，不過行招之間，更似仙女，不似鬼魅。偶爾與毛眞正面交鋒，她便以轉勁訣化解洪荒勁。適才第一拳接得吃力，受了內傷，但她也因而領悟出轉勁訣第七層的境界，能夠不靠己身內力禦敵，駕馭入體敵勁。她嘗試運轉了幾次，逐漸熟悉粉身碎骨的洪荒勁，緩出手來攻敵的次數越來越多。苦於毛眞內力實在太強，幾次眼看要擊中他，都讓他以同歸於盡的打法，攻向自己不得不救之處。上官明月臨敵經驗豐富，數度搶攻不果後，便放慢攻勢，穩紮穩打，伺機出招。

毛眞見上官明月第一拳便傷在自己手下，原擬十招之內可收拾她，想不到她身法詭異，內力綿長，單槍匹馬跟他拆上五十幾招。這可是他藝成以來，從未遇上過的事。他心想：「上官明月好大名頭，果然有點本事。她內力明明不及我，卻能把我的拳勁化於無形。從前師父老說玄日宗的轉勁訣難以應付，我沒放在心上，今日可莫要因此吃虧了。更奇的是，我第一拳明明打傷了她，但後來的開劫碎難拳卻毫無效果，難道她悟性如此之高，眞能單靠一拳便破解我的拳勁？無妨，我拳頭大，她拳頭小，且拿血如冰開刀。上官明月自居俠義，喜歡救人，我便看她救人會不會露出破綻。」

毛眞重拳出擊，逼開上官明月，勢如神龍般地撲到血如冰面前，使開洪荒神龍掌，扣向她的咽喉。血如冰適才以霹靂神掌對付毛眞，不痛不癢，於是趁他跟上官明月周旋時，找擂台掌櫃借了兩把短刀；這時見毛眞攻來，便使出玲瓏刀法應敵。毛眞沒料到她會突然出刀，嚇了一跳，連忙抽手避開。一旁江懷才見他路過，忍不住又使出天工霸絕刀，看準他的右臂砍了下去。可惜江懷才就是機關厲害，眞實功夫比起血如冰，還差上一截。毛眞聽見破風聲起，立刻矮身閃避，順勢出拳，擊中江懷才小腹。江懷才慘叫一聲，騰空而起，足足平飛了三丈之遠，落在群眾之間。

有人叫道：「什麼粉身碎骨拳呀？你連江堂主都打不碎，回家吃狗屎吧！」

毛眞大怒，邊打邊道：「胡說八道，老夫出的又不是粉身碎骨拳！」

之前那人回道：「哎呀！打不碎人就說不是粉身碎骨拳！毛掌門不會就靠一張嘴吧？」

毛眞怒極，轉身跳下擂台，展開輕功，朝出聲之人躍去。「我操！老夫忍你很久了！別以爲躲在後面就打不到你！」他踩著路人肩膀跳躍，使勁大了，有人給踩斷了肩骨，痛得淒聲慘叫。人群中不乏臥虎藏龍之士，只因事不關己，遲遲沒有吭聲；此刻眼看毛眞殘暴，又聽說了他的惡行，不少人在他路過時偷偷出手。

毛眞躍了幾次，尚未尋到發聲之人，雙腳已經中了幾下暗拳。毛眞怒不可抑，落下地來，抓起一個對他出手的觀眾，一拳打成肉醬。

「毛眞亂殺人啦！」「大家快逃呀！」「大開殺戒啦！」「濫殺無辜啦！」

毛眞大喝：「膽敢瞧不起我，統統給我去死！」說著，一把抓住一名逃命女子，舉起拳頭，狠狠揮下。

幸而上官明月及時趕到，運起玄陽掌，攻向毛眞背心。毛眞感到火勁來襲，不敢不避，只得放開女子，轉身接掌。上官明月與毛眞交手數十招，看似不落下風，實際上每接一拳，都耗費極大心神，此刻已經氣息紊亂，有點喘了。她深怕自己無力支撐，於是在掌中灌注十成內力，期盼至少能夠打傷毛眞。拳掌相交，毛眞內力因運而生，儘管接得比之前吃力，氣息微感阻塞，畢竟還是擋下了玄陽火勁，沒有受傷。然而，就這麼雙方交火，你來我往之下，四面八方都有人殺到。

仙寨三巨頭，一來自重身分，二來也爲了尊重上官明月，是以一直按兵不動。如今毛眞下了擂台，開始濫殺無辜，大家也都不忍了。黃皓和邱寂寥分別指揮手下疏散人群，圍攻毛眞；而三巨頭中武功最高的燕建聲，則直接上前幫手。他的大道神功，源自於玄日宗的轉勁訣，著重採陽補陰，吸納對手功力，然而在瓦解逆轉敵勁方面，領悟得不如上官明月透澈，因此儘管內力強於上官明月，還是在與毛眞對上三拳之後，吐血受傷。他傲心頓起，運起大道神功，在毛眞下一計粉身碎骨拳擊來時，竭力吸收，一拳之間吸走毛眞三成功力，自己則在猛烈洪荒勁於體內衝撞下，坐倒在地，一時爬不起來。

毛眞功力流洩，手腳痠軟，心下駭然，暗想：「聽說血泉當舖燕掌櫃功夫陰損，能吸人陽壽，返老還童，六十歲了還是一副二十來歲模樣。難道我竟被他吸走了陽壽？我老人家年近古稀，還有幾年好活？要是讓他奪走十幾二十年陽壽，我豈不是要當場暴斃身亡？」他驚魂難定，想要上前解決燕建聲，卻又不敢。正遲疑間，上官明月的玉掌再度來襲，加上土團白條軍和浪蕩軍十來名好手圍攻，毛眞終於收斂囂張氣燄，開始苦思脫身之策。

毛眞運起洪荒勁，又將兩名好手打成肉醬，只盼能擾亂敵心，趁機突圍。但在場的都是勇猛善戰的菁英好手，二十年前血戰沙場，歷經風霜，不少人在饑荒戰亂中連人都吃過，沒有如此輕易就被嚇退。毛眞閃過一把長槍，左臂和右腳同時中刀，傷勢不重，卻令他膽顫心驚。他大喝一聲，再揮一計粉身碎骨拳。中拳者狂吐鮮血，向後退倒，但卻沒被打成肉醬。毛眞皺起眉頭，知道自己功力不純，粉身碎骨拳的威力大打折扣。眼看數百觀眾大多都已下樓，剩下十數名零零落落的寨友，默默觀戰，摩拳擦掌，顯然也打算看準機會來圍攻自己。今日之勢，有敗無勝，要是一個沒搞好，說不定會斃命於此。自己神功無敵，本來勝券在握，會淪落到這個地步，都是因爲血如冰！

毛眞身形拔起，一個筋斗，翻過刀光劍影，落在正扶燕建聲起身的血如冰面前。他避開燕建聲的掌擊，架開血如冰皓臂，右手扣住她的玉頸，將她提在身前，擋在眾人之間。「誰再過來，我就殺了血如冰！」

血如冰半年來名聲鼎盛，但畢竟只是仙寨中的一個小捐客，原本像黃皓這等的大人物，不會把她的生死放在心上，但她今晚揭發毛眞罪行，大大露臉，加上她與上官明月交好，不能不顧她的死活，黃皓和邱寂寥只好喝令手下住手。

毛眞深吸口氣，冷笑一聲，對血如冰道：「血姑娘，妳壞我好事，我靠妳脫身。今晚過後，妳還能不能活，可就看妳造化了。」

血如冰咽喉受制，強擠出笑容，說道：「造化弄人，說不準的。」說完，右手往後腰上一拍，牽動江懷才送她的暗器機括，就聽叮叮幾聲，一排餵毒金針盡數插入毛眞胸口。

胸口刺痛，痲癢難當；他雙目圓睜，瞪視血如冰，想要使勁掐斷她的咽喉，右手虎口卻怎麼也握不下去。他雙足運勁，躍上屋樑，隨即拋下血如冰，施展輕功，破瓦而出。

毛眞上了屋頂，正要拔腿逃跑，突然見到屋脊上站有一人，頭戴白瓷面具，卻是那不知哪裡冒出來的神功客。

毛眞提氣趕路，喝道：「不想死就讓路。」

神功客身法快絕，擋到他面前，大喊：「無道陰陽掌！」毛眞還來不及提臂招架，雙肩已經各中了一掌。突然之間，他舉步維艱，就連再往前踏出一步，都辦不到。身體左側火熱，右側冰涼，宛如置身冰火地獄，求生不得，求死不能。他嘴唇顫抖，拚出最後一口氣，問道：「你是什麼人？」

神功客側頭看他，神祕兮兮地湊上去說：「我告訴你，你可別說給別人聽。」他拿下白瓷面具，露出一張毛眞不曾見過的面孔。「老夫便是玄日宗掌門梁棧生。你抓我徒弟，百般折磨；我爲他出口氣，不算過分吧？」

毛眞奄奄一息：「你們……打群架……瞧不起我……我毛眞……天下無敵……」

神功客在屋瓦破洞爬出人來時，戴回面具，右手貼上毛眞胸口，說道：「你想讓人瞧得起，得做點讓人瞧得起的事。至於武功高低，乃是枝微末節。你本末倒置，死了剛好。」說完，輕輕一推，毛眞滾落屋瓦，墜樓身亡。

第十八章　掌門人

上官明月爬出屋頂破洞，正好看見神功客推落毛眞。她伸手拉血如冰上屋頂，隨即對洞口叫道：「毛眞墜樓了。下去街上看看。」其他人本來就不想上屋頂追人，一聽此言，立刻下樓。

上官明月同血如冰走到屋簷邊，與神功客一起探頭往下看。毛眞躺在街上，動也不動，顯已死去。街上圍觀的人本來就多，此刻又從龍蛇樓裡湧出更多閒人，將毛眞屍首四周擠得水泄不通。

血如冰問：「這樓不高，毛眞怎會摔死？」

「自然是中了無道陰陽掌。」上官明月若有深意地看了神功客一眼，接著東張西望，又走回屋頂洞口觀看，確定四下無人後，躬身行禮道：「弟子參見五師叔。明月不知掌門人駕到，有失遠迎，望師叔莫怪。」

梁棧生和血如冰同時吃了一驚。血如冰手足無措，連忙跟著躬身行禮。梁棧生則摸著臉上面具，問道：「妳怎麼……師叔僞裝得如此徹底，妳竟然也看得出來？」

上官明月道：「師叔在擂台上不露武功家數，弟子原也看不出來。後來如冰說起邱長生師弟遭毛眞囚禁之事，弟子越想越像，便將一切兜起來了。武林之中，還有哪個絕頂高手擅長機關之術，爲老不尊，好湊熱鬧，又會爲了徒弟勇闖仙寨的？幾年不見，師叔身法更加敏捷，但舉手投足間還是有從前的影子。況且，你又沒啞著嗓子說話，弟子一加聯想，還有聽不出來的嗎？」

梁棧生一攤手，比向血如冰道：「唉，那我都已經戴了面具，妳還在外人面前揭露我的身分？這不拆我台嗎？」話是這麼說，語氣中倒也沒有責備的意思。

上官明月搖頭：「這位血如冰姑娘，與弟子情同姊妹，不是外人。」她向血如冰招手。「如冰，這位是我五師叔，也是玄日宗掌門人，快快拜見。」

血如冰盈盈拜倒：「小女子血如冰拜見梁掌門。」

梁棧生連忙上前扶起她。「哎呀。這屋頂傾斜，妳還叫人拜見。要摔下去，可不好了。」

上官明月問：「師叔爲何掩飾身分？」

梁棧生揚眉：「玄日宗掌門人出訪無道仙寨，司禮房的弟子要講派頭。我擔心長生性命，不想理會繁文褥節，況且自我出任掌門以來，已數年不曾在江湖行走。像妳這麼逍遙自在的日子，師叔可羡慕得緊呀。」他走向屋脊，一屁股坐下，又說：「我派長生來調查洪荒派『開劫碎難拳』重出江湖的傳言。他在無道仙寨失蹤，可未必是洪荒派幹的。我若公然以玄日宗掌門身分入寨，難免有興師問罪之嫌。再說，這無道神功大會何等有趣，人家可不會讓玄日宗掌門人參賽，妳說是吧？」

上官明月道：「原來如此。稟報師叔，如冰已自洪荒派救出邱師弟，此刻便在她的捐客居休養。要不是她機警救人，如今毛眞死了，邱師弟他們說不定要餓死在地牢裡呢。」

梁棧生拱手：「多謝血姑娘出手相救。」

血如冰羞澀道：「機緣湊巧，前輩不必放在心上。」

梁棧生搖頭：「我放在心上，這人情是欠下了。日後血姑娘有事，只管來找梁某人。」他不讓血如冰多說，仰頭望天又道：「毛眞此人，黃巢亂前我也聽說過。當時我年輕氣盛，常給師門惹禍，名聲就跟洪荒派的毛眞差不多。洪荒派從前與玄日宗齊名，江湖上往往把我跟毛眞扯在一塊，說什麼『東毛眞，西棧生』，兩個門派之恥，可謂難兄難弟。」

上官明月忙道：「江湖流言，師叔不必放在心上。」

梁棧生笑道：「多年以後，兩個門派之恥都當上了掌門人。當中誰高誰低，不言而喻。毛眞走到這個地步，血姑娘怎麼看？」

血如冰道：「毛眞不學無術，渾渾噩噩，向來只顧自己，是個市井小人。這樣的人，不會因爲突然之間得到神功而成大器。一個人沒有理想抱負，卻突然掌握力量，那可是很可怕的事。他或許眞的想過靠絕世武功救國救民，造福百姓，但那一切對他而言都是高調，是一輩子在聽別人講的理念，不是他眞正相信的東西。所以到頭來，他只是一個殺人不眨眼的魔頭，連無道仙寨這種地方，都容不下他。」

梁棧生點了點頭，又問：「若讓血姑娘學會絕世武功，妳會做什麼呢？」

血如冰想了一想，苦笑道：「若是從前的我，多半會跟毛眞一樣，想盡辦法奪權謀利，讓自己過好日子。」

梁棧生問：「如今爲什麼改變了？」

血如冰道：「半年前，我遇上貴宗莊森大俠……」

梁棧生一揮手：「行了，妳不用說了。莊森這小子，我眞服了他，就是有辦法讓美貌姑娘爲他改變。」

血如冰忙道：「前輩，眞的不是你想的那樣！」

梁棧生哈哈大笑，對上官明月道：「月兒，血姑娘是好人，就可惜功夫差了點。她救了長生，於本宗有恩，妳閒著有空，就多提點她些功夫。直接教她本門武功都行，不必入門拜師了。」

上官明月答應。血如冰喜道：「多謝前輩！」

梁棧生看著她說：「月兒隱居仙寨，人生地不熟。她既與血姑娘情同姊妹，日後還請姑娘多多關照。妳莫看她少年得志，意氣風發，其實她小時候也是苦過來的。」

血如冰點頭道：「只怕還是上官姊多關照我。」

梁棧生站起身來。「此間事情已了，有勞姑娘帶老夫去見徒弟。」

上官明月問：「師叔，那無道陰陽功怎麼辦？」

「什麼怎麼辦？」

上官明月拍拍自己的胸口。「明月身為無道神功大會裁判，在我看，你的無道陰陽功已經贏啦。」

梁棧生哈哈大笑：「寶刀未老，寶刀未老呀。一會兒我把機關脫下來，妳送去給天工門鑽研鑽研吧。那千兩黃金，老夫也不缺，妳便讓黃皓投入桃花源建設，多救幾個人都是好的。」

三人跳下瓦洞，在翻倒的長凳和哀鳴的傷者間走過擂台，來到一樓。樓下坐滿了適才從樓上逃下來的民眾，不少人身上都掛了點彩。燕建聲受了內傷，盤腿坐在樓梯旁，閉目調息。上官明月原想過去招呼一聲，但想龍蛇樓此刻人多嘴雜，多留片刻怕會洩露梁棧生的身分。黃皓和丘寂寥等人站在龍蛇樓大門後，聽門外手下上前回報。上官明月與血如冰對看了一眼，拉起梁棧生往客棧後堂走去，打算從後門離開。

門口黃皓瞧見上官明月，大聲喊道：「上官姑娘，請過來。」

上官明月不好不理，只能走過去。黃皓待她走近，說道：「毛眞已死。參賽之人剩下折腰眞人、神功客、江懷才三人。照姑娘看，是打車輪戰，還是三人一起下場？」

上官明月一愣：「咦？還打啊？我當神功客勝出了。」

黃皓一揮手：「姑娘，勝負之勢，大家都看得出來，但要神功客不戰而勝，也沒這個道理。」門外門內的鄉親也起鬨道：「是呀！大夥兒下了重注，誰知道殺出一個神功客，讓大夥兒賠錢呢？」「錢賠便賠了，這戲可得瞧個過癮呀。」「樓上都血肉模糊了，你還不過癮？」「不是呀，說好七場比武，贏者勝出。如今只打了四場，便說散場了。這叫什麼事呀？」「哎呀，再出來打一場呀！三人混戰，熱熱鬧鬧。」「我說神功客穩贏。」「穩什麼穩？天工霸絕刀可厲害了。」「我要看冰柱！」「有上官姑娘在，冰不成的啦。」

人群中有個異常洪亮的聲音喊道：「既然人數不足，再補人參賽就好了。」這嗓音平平穩穩地傳入眾人耳中，不知有何魔力，竟讓龍蛇樓外喧囂的群眾安靜下來。上官明月神色一凜，望向站在人群後方的說話之人。對方是個二十來歲的錦衣男子，相貌英俊，氣勢不凡，跟無道仙寨的凡夫俗子格格不入，一望便知是外地來的。他身旁站了三名勁裝武者，還有幾個家丁打扮之人，可謂派頭十足。

上官明月不知對方底細，抱拳說道：「這位公子，今晚無道神功大會是在選拔鎮寨神功，並非比武打擂台。你要比武，請改天再來。本寨龍蛇樓擂台遠近馳名，每晚都很精彩。」

「選拔神功？」男子朝身旁揮揮手。「陳大爺，露手神功給他們瞧瞧。」

他口中的陳大爺，是個五十來歲的壯漢，身穿黑布短衫，露出兩條精壯胳臂，雙手握拳，中指指節微凸。就看他二話不說，踏步上前，三步間來到客棧門口，朝黃皓的臉面揮出右拳。這一拳看來平淡無奇，也不特別迅疾，但勢道威猛，方位驚奇，讓人無從閃躲，只能動手硬接。黃皓也是仙寨中十幾個號稱武功第一的人物之一，但此名聲是建立在從不親自出手之上。如今眼看勁拳臨門，黃皓不閃不避，任由兩側貼身侍衛應付。侍衛多年默契，同時出手，一個抓向陳大爺手臂，一個攻向對手腹脅。就聽唉唉兩聲，兩侍衛分向左右飛開，陳大爺的拳頭已經貼上黃皓心口。

那陳大爺正待冷笑，突然察覺自己拳勁偏斜，黃皓已讓旁邊的上官明月提到身後。陳大爺一聲發喊，雙拳擊出。上官明月推開黃皓，運雲仙掌洩力。不料，對手掌力驚人，勁流詭異，本來運轉敵勁無往不利的轉勁訣，竟然莫名紊亂，震得她渾身發抖。上官明月大驚，心知自己惡鬥毛眞後功力不純，已經受了嚴重內傷。她足下輕點，嬌軀騰空，化作旋風般地連轉七圈，終於盡洩敵勁，重重落地。

陳大爺哈哈大笑，說道：「上官明月好大名頭，原來不過如此。」

黃皓見上官明月臉色發白，氣喘可聞，知道她在運功調息，於是把話接下來道：「你們是什麼人，敢來無道仙寨撒野，可是活得不耐煩了？」

錦衣公子提手招呼，陳大爺便走了回去。公子笑道：「黃寨主快別這麼說。兄弟路過貴寨，聽聞神功大賽，想起手下幾個伙計身負神功，便想過來湊個熱鬧。且看是無道仙寨的神功厲害，還是我的手下厲害。哈哈哈哈。」最後這哈哈幾聲，嘲諷之意表露無遺，氣得旁觀群眾群情激憤，紛紛破口大罵。

「哪裡來的野小子？滿嘴狗屁。」「什麼狗屁？是滿嘴狗屎。」「這年頭，什麼三腳貓的功夫都自稱神功啦。」「剛剛有個號稱粉身碎骨拳的，已經被上官姑娘摔下樓死翹翹啦。你說你那什麼拳？」「小子滿嘴狗屎，自然是吃屎拳了。」

錦衣公子皺起眉頭，瞧著黃皓說道：「黃寨主，這仙寨究竟是你主事不是？你們就是這樣對待客人的嗎？」

黃皓說：「是呀。我們向來就是這樣對待客人的。不高興就滾啊。」

錦衣公子沒料到他說話直接，語塞片刻，改口道：「不管你啦。總之，我們要參加神功大賽。你們是不是不敢比呀？」

黃皓搖頭：「無道仙寨沒有不敢比的。只不過各位來歷不明，說參賽就參賽……」

錦衣公子插嘴：「什麼來歷不明？」他對來到上官明月身旁的神功客一指，說道：「這神功客也沒報過來歷，還戴了面具，都行，憑什麼咱們不行？」

神功客本來待在龍蛇樓內，見上官明月一招敗下陣來，連忙迎到門口，右掌貼著上官明月的背心，運功助其調息。血如冰在一旁擔心上官明月的安危，但對這等內功療傷之事，又無能爲力，心急之下，只想找點事幹。她跳到黃皓身邊，語氣微怒地喝道：「神功客規規矩矩地參加比賽，可不像你們擺明找碴。」

黃皓拉拉血如冰衣袖，把話接過來說：「各位既然擺明找碴，無道仙寨也不怕你們。只不過今晚比武是爲了選拔神功，勝出者要把武功祕笈交予仙寨運用，掛名無道神功，所有仙寨居民皆可習練。你們有神功祕笈嗎？」

適才出手的陳大爺，自懷中取出一綑書頁，似是從整本書籍中分拆出來的。他身旁兩名武者，也從各自懷中取出類似的祕笈。陳大爺揚聲道：「我的拳法喚作『不仁拳』，祕笈便在這裡。我若勝出，便將此祕笈送給無道仙寨。一本破書換千兩黃金，値得。」

他左側之人年紀稍長，虬髯花白，舉著祕笈道：「老子長於腿法，一套『大巧若拙腿』，踢遍天下無敵手。祕笈在此。」

最後一人氣勢內斂，看不出年紀，腰間掛著兩把短刀，語氣冰冷：「天地刀。左陰右陽。專砍成名鼠輩。」

黃皓笑道：「都是一些沒人聽過的武功。你們說是神功，便算神功了嗎？」

錦衣公子道：「寨主若是認定這幾本神功不夠精彩，咱們可以另行加注。」

黃皓問：「想賭什麼？」

錦衣公子哈哈一笑：「便用我的人頭，賭你黃皓的項上人頭。」

群眾又是一陣大罵，不少人忍不住擠上前去動手動腳。錦衣公子的家丁和三名高手，與眾人推擠了片刻，一時間倒也沒人受傷。黃皓大喝一聲，震嚇眾人，揚聲道：「我黃皓身爲仙寨寨主、浪蕩軍將軍、大齊後裔，雖不能呼風喚雨，但也是當今世上叫得出名號的人物。你小子哪根蔥，妄想跟我賭人頭？」

錦衣公子神色淡然，右手朝後一揮，一名家丁快步上前，呈上一枚令牌。錦衣公子高舉令牌，得意洋洋道：「本將軍乃是大梁郢王，檢校司徒兼左右控鶴都指揮史朱有珪。如何？這根蔥夠不夠資格跟寨主賭人頭呀？」

朱有珪是梁王朱全忠與營妓所生之子，深得朱全忠寵信，乃是有可能接班的朱室王子之一，仙寨的人大都聽說過他的名號。黃皓吃了一驚，心下稍亂，忙朝上官明月看去。他見上官明月調息完畢，臉上恢復血色，好整以暇地回到自己身旁，這才感到安心，開口說道：「朱公子不過是梁王府的一名小將，如何自稱大梁郢王？」

朱有珪志得意滿，哈哈大笑。「我父王日前已廢了李柷，於開封登基稱帝，國號大梁，改元『開平』。今年是開平元年，各位別再弄錯啦，哈哈哈哈。」

此言一出，群眾譁然。朱全忠篡唐之意，路人皆知；白馬驛屠殺朝臣之事，大家也都聽說過，如今他廢帝自立，本在百姓意料之中，然則等了這許多年，終於等到他稱帝，還是讓人心生驚奇之感。黃皓趁著人聲喧譁，低聲與上官明月商議：「上官姑娘怎麼看？這三個人，姑娘可應付得來？」

上官明月搖頭：「我又沒有下場參賽，輪不到我來應付。」

黃皓皺眉：「人家要賭人頭，姑娘這都不幫我？」

上官明月道：「不是我不想幫，毛眞的粉身碎骨拳實在厲害，明月有傷在身，多半不是對手。這三個傢伙在武林中沒沒無聞，武功卻是極高。我就算沒受傷，也未必打得過那姓陳的。」

黃皓有點著急：「那神功客打不打得過他們？」

上官明月知道梁棧生的武功，在上代師長中不算出類拔萃，自從接掌門戶後，將玄日宗事務處理得井井有條，江湖聲望扶搖直上，弟子都很服他，但要說起武功進境，只怕已經停滯許久。近年，上官明月的武功越練越強，說不定早已超越梁棧生也未可知。她搖頭回道：「神功客的武功深不可測，跟眼前三人的武功一樣深不可測。若想靠他連續對付三人，只怕有點勉強。」

黃皓心存僥倖：「聽說梁王府這幾年間，高手都死得差不多了。姑娘會不會高估了他們的武功？」

燕建聲調息完畢，來到他們身後，無奈說道：「這三人是《玄黃七經》的傳人，他們的

夫？」

上官明月心裡一沉，問道：「原來是你的同門。那三套功夫，都是《玄黃七經》裡的功夫？」

武功不可小覷。」

《玄黃七經》乃是一代高人玄黃天尊流傳下來的學問。玄黃天尊本是玄日宗上上代掌門崔全眞，只因對門下弟子失望透頂，退出江湖，隱居太原玄黃洞，自號玄黃天尊。他習練玄日宗不傳祕笈《左道書》中的學問，入了魔道，淪爲心術不正的魔頭，最後在玄日宗與吐蕃拜月教高手的圍攻下伏誅。他的《玄黃七經》（即《左道書》），早被一眾心術不正的信徒偷走，瓜分習練。玄日宗大弟子莊森，這些年來一直在找尋《玄黃七經》的下落，特別是被七經傳人拆分成好幾份習練的《玄黃武經》。上官明月沒有讀過本門的《左道書》，不認得不仁拳、大巧若拙腿和天地刀等功夫，但同屬七經傳人的燕建聲，卻是一聽見對方報出功夫，便知麻煩大了。

燕建聲踏出客棧門檻，站在黃皓與上官明月中間，揚聲道：「陳兄弟、許兄弟、祁大哥，三位遠道而來，怎麼不去小號打聲招呼？」

那三人名叫陳廣之、許大牛、祁仙峰。陳廣之打了頭陣，便即代表三人說話：「燕大哥這幾年混得不錯，已經跟黃皓平起平坐了嗎？」

燕建聲笑道：「哥哥我與本寨寨主一同主辦無道神功選拔大會。三位若是念在故人之情，還請不要搗亂。」

陳廣之冷笑道：「咱們按足規矩參賽，祕笈都拿出來了，怎麼能算搗亂呢？燕大哥，你從前自恃武功高強，大道神功奇妙凶殘，向來不把我們放在眼裡。今日爲何如此客氣？難道你身體不便，難以教訓咱們？」

許大牛說：「他被粉身碎骨拳打傷了，不是咱們對手，講話自然客氣。」

瞧不出年紀的祁仙峰，顯然是三人中的長者，老成持重，說道：「兩位賢弟，建聲是自己人，說話留點餘地。」他轉向燕建聲，拱手道：「建聲，咱們三人今日來此，一是爲皇上辦事，二是爲賺取千兩黃金，三則是爲了揚名立萬。咱們隱居深山十餘載，練得一身天下無敵的神功，不就是爲了功成名就，享盡榮華富貴嗎？你若不顧故人之情，妄想給我搗亂，可別怪做哥哥的手下無情。」

「爲皇上辦事？」

朱有珪大聲道：「李唐已滅，如今天下是我大梁朱家的。哪個不服氣，就是反賊！」大家都不高興了。「反你個屁賊呀！」「朱全忠胡吹大氣。大梁天下？笑話！」「人家窮途末路，當當皇帝過過癮，也是有的。」「是吧？當年咱們大齊皇帝也是來這套。」「哇，你在黃皓面前說這個？」「人家做得，我便說得，此乃無道仙寨立寨根本。」「姓朱的吃狗屎！」

黃皓趁亂移到神功客面前，擠眉弄眼問道：「神功大俠，你究竟是不是眞有神功？對不對付得了他們？這可是要賭本寨主腦袋的呀。」

神功客聳肩：「不打打看怎麼知道？我說黃寨主，你沒把握就別跟人家賭腦袋呀。」

「不成。」黃皓瞪著朱有珪，惡狠狠道：「他擺明衝著我來，我若不接下此注，日後還怎麼在仙寨立足？當年若非朱全忠倒戈，我大齊軍也不會兵敗山倒。旁人欺來也還罷了，是他朱家欺我，我黃皓絕不退縮。」

神功客豎起大拇指道：「好骨氣。有擔當。那便把寨主的命交在素不相識的老夫手上吧。」

黃皓一聽，覺得不妥，但又不知能說什麼。對面朱有珪喝問：「黃皓！你究竟敢不敢賭腦袋？還是要當縮頭烏龜？無道仙寨好大名頭，連我手下三個沒沒無聞的食客都不是對手，眞是呀……」

黃皓把心一橫，硬氣道：「賭啊！怎麼不賭？等你小子把腦袋留下，我看朱全忠還囂不囂張。」這話說完，叫囂的人突然變少了，大家都想萬一眞把朱有珪砍了，朱全忠會如何對付仙寨。

朱有珪哈哈大笑，派家丁下去推趕群眾，在龍蛇樓門外清出一塊五丈見方的空地。「來呀。生死擂台，這就打吧。」

人群中突然響起一個渾厚嗓音，清清楚楚傳入在場千百人耳中。「在下也要參賽。」

此言一入耳，上官明月與血如冰相視一笑，黃皓也露出鬆了一大口氣的神情。神功客戴著面具，喜怒不形於色，但上官明月知道梁棧生定然也在偷笑，只因他們都認出那個嗓音的主人，乃是號稱武功天下第一的玄日宗二代首徒莊森。

第十九章　顯神功

莊森布衣短衫，腰懸長劍，肩上揹著包袱，一副長途趕路，剛剛抵達仙寨的模樣。他信步來到適才清出的空地中央，朝四方抱拳作揖，笑道：「比武我在行。要打擂台，算我一個。」

陳廣之怒斥：「哪裡來的野小子？今日是大梁朝廷對上無道仙寨。沒你的事就快滾！」

「大梁朝廷，好威風啊。」莊森面對朱有珪等人站定，說道：「前年洛陽九王宴，我曾與樞密使蔣玄暉有過一面之緣。當時他手刃昭宗，睡何太后，何等風光？聽說他前一陣子曾勸朱全忠，天下未定，不可過早謀朝篡位，然後就被朱全忠給殺了。」莊森搖頭嘆息，嘖嘖說道：「大梁朝廷，伴君如伴虎啊。朱將軍貴為王子，不知為何來此，跟人賭人頭呢？」

朱有珪哼了一聲，語氣不屑道：「本將軍做什麼事，還要跟你這市井小民解釋嗎？」

後面黃皓叫道：「聽說朱全忠近年倒行逆施，好色成性，常常趁兒子不在時，召媳婦入府侍寢。朱將軍的夫人頗有姿色……」

朱有珪大怒：「黃皓！你嘴裡放乾淨點……」

莊森朝後拂手。「寨主，他們家庭私事，外人不必多言。總之，朱將軍要臨時加入參賽，何妨多加在下一人？」

朱有珪把氣出在莊森身上：「我跟黃皓賭腦袋，你小子算老幾？」

莊森說：「在下玄日宗莊森，武林中大大有名。同兩位一起賭腦袋，只怕你們還賺了。」

黃皓立刻道：「賺呀！這便宜我姓黃的佔了。莊大俠願意參賽，可是給足了無道仙寨面子。」

朱有珪吃了一驚，神色不定地轉向祁仙峰。莊森的名頭，朱有珪自然聽過，也知道前幾年，他爹曾處心積慮地拉攏莊森，希望他能進梁王府當首席食客。可惜道不同不相為謀。儘管莊森沒有明確與梁王府作對，但如今梁王府食客人才凋零，只怕與此人脫不了關係。

祁仙峰初出茅廬，自認天下無敵，小看世間英雄，不屑地說道：「將軍不必擔心。凡人浪跡江湖，自捧身價總是有的。想這莊森，不過三十來歲年紀，武功再高，又怎可能天下第一？待老夫出手教訓，他便乖了。」

朱有珪見過祁仙峰出手，對他的刀法深感佩服。莊森武功多高，畢竟都是聽說的，而手下這玄黃三老的功夫，卻是親眼見識過。他心生一計，說道：「小王不知莊大俠駕到，得罪莫怪。想那無道神功大賽乃是為了挑選神功而舉辦。莊大俠若是贏了，可得交份神功祕笈出來。不知大俠準備了玄日宗哪套神功出賽？」

莊森並不打算交出任何神功，但對方言語擠兌，也不能不交代。他說：「玄日宗朝陽神掌天下聞名，足令無道仙寨立足武林。」

祁仙峰冷笑：「朝陽神掌是玄日宗入門的粗淺掌法，豈敢自稱神功？」

莊森側頭微笑：「練武講究資質。閣下眼中的粗淺功夫，在我手裡使來，就是絕世武功。」

祁仙峰還要回嘴，朱有珪已經搶道：「好！莊大俠說是朝陽神掌，就是朝陽神掌。咱們神功比試，你若使出朝陽神掌以外的功夫，可不能算贏喔。」

群眾一陣大罵，都說朱有珪卑鄙。有人說：「難得有機會見識莊大俠神功，你竟然逼他不准出神功。」另一人道：「這三個傢伙什麼東西，給莊大俠提鞋都不配。他出根小指頭就壓扁你們啦，還要使什麼功夫？」

莊森四下抱拳：「各位未免把我莊森吹捧得太厲害，小指怎麼成呢？起碼得出掌呀。」

不仁拳陳廣之沉不住氣，跳入場中，一拳掄向莊森鼻子，嘴裡罵道：「小子不知天高地厚，且嚐嚐我不仁拳的厲害。」

莊森左手外揮，架開陳廣之的拳頭，右手高舉斜砍，擊中對方肩頸交會處，當場打得陳廣之五體投地，趴在地上。莊森雙手扠腰，蹲下身去，對著吐出嘴中塵土的陳廣之說：「『天地不仁，以萬物爲芻狗』，你的不仁拳，拳勁霸道，自以爲毀天滅地。想不到遇上我莊森，直接趴在地上了。」他抬起陳廣之上身，在其懷中摸索，取出那綑《不仁拳譜》，順手拋給上官明月。

「你搶我拳譜……」

莊森搖搖手指，嘖嘖說道：「這拳譜是你偷來的，我拿得心安理得。你有本事，儘管來找我要。」說完，拖著陳廣之，來到朱家眾人面前，鬆手問道：「接下來哪位賜教？」

祁仙峰朝許大牛使了個眼色。許大牛知道陳廣之的武功與自己在伯仲間，見他一拳都沒揮完便敗下陣來，早已嚇得魂不附體。他吞嚥口水，朝莊森抱拳道：「咱們有禮貌，講規矩，不打車輪戰的。莊大俠贏了一場，還請下去休息。我呀，就挑戰那邊那位道長得了。」

折腰眞人尙未推辭，莊森已經搖手說道：「不成。在下還沒打過癮。一掌就趴下了，那算什麼？先生的武功叫作大巧若拙腿，下盤定然十分紮實，不如踢我一腳試試？」

許大牛膽小怕事，本以爲神功大成，下山來呼風喚雨，想不到竟遇上莊森這等大魔頭。他右腳重重踏地，身體騰空後躍，尙未躍出半丈，左腳腳踝已被莊森扣住。他右腳如風，轉眼間連踢七腳，乃是大巧若拙腿的絕招「躁勝寒」。此招看似浮躁，彷彿亂踢，實則腳腳精準，瞄準對手上身七大穴，只消一腳踢實，對手不死也半條命。莊森左手扣住對方左腳，右手掌影翻飛，施展朝陽神掌中的一個招式「晨霧漫漫」，以掌風牽動許大牛的腿法，使他的絕招一腳都沒踢中。接著，他高舉左臂，畫了個半圓，把許大牛整個人摔到空地中央。

祁仙峰喝問：「姓莊的，你這是朝陽神掌的功夫嗎？」

莊森道：「是呀。」

「什麼名頭？」

「晨霧漫漫。」

「你們玄日宗入門教這個？」

「練武是要看資質的。」莊森微笑道。「先生覺得神妙，我可覺得沒什麼。」

群眾哈哈大笑：「朝陽神掌這種上等貨，你認得嗎？」「不識貨還自稱高手呢。」「沒本事就快滾，少在仙寨丟人現眼。」「還神功呢，哈哈！」

莊森轉身背對祁仙峰，信步走到許大牛面前。許大牛自地上爬起，眼看莊森越走越近，心裡越來越害怕。待得莊森來到面前，許大牛突然雙膝癱軟，跪倒在地，手掌顫抖地取出《大巧若拙腿》祕笈，恭恭敬敬奉上。「莊大俠，在下認輸了。這祕笈你便拿去吧。」

莊森接過祕笈，瞧著許大牛的模樣，忍不住問道：「先生沒沒無聞，本來與世無爭，如今加入梁王陣營，究竟求什麼呢？」

許大牛說：「功名利祿，富貴榮華。」

莊森點了點頭，將祕笈拋給上官明月，又問：「你隱居苦練十餘載，就爲了這些？」

許大牛說：「我苦了一輩子，求這些又有什麼不對呢？」

莊森道：「這麼說也是。先生直言直語，比那些滿嘴爲了拯救蒼生加入梁王府的朋友直率多了。但想十餘年前，你們七經傳人跑去太原玄黃洞拜師，爲的不是要出世修行嗎？」

「當年塵世淒苦，生存不易，當然會想出世修行。」許大牛不知爲何，在莊森面前直言不諱。「如今神功大成，可以過好日子，那又何必出世？」

莊森想了想，覺得此人想法可謂世俗眞理，便說：「天下未平，朱全忠便急著登基，這龍椅是坐不穩當的。天下不日大亂，群雄割據，佔地稱王，照我已故的二師伯所算，起碼要亂上一甲子。先生想求榮華富貴，在下難以指路，但你若想安安穩穩過日子，趁早跟他大梁朝廷斷絕關係爲上。」

「多謝莊大俠指點。」許大牛站起身來，頭也不回地便往山下走去，顯然是要跟朱有珪斷絕關係了。

就聽見唰唰兩聲，祁仙峰平舉雙刀，一高一低，穩穩指著莊森。「姓莊的，你蠻橫慣了，目中無人。今日老夫要挫挫你的氣燄。」

「哇，姓祁的，你還敢講這種話呀？」「老子浪跡江湖，從沒見過這麼囂張的老頭。」「你那兩個不中用的同門，都是一招敗陣，你以爲你能撐上幾招？」「我說莊大俠定會打得你滿地找牙。」

燕建聲語氣擔憂，提醒道：「莊大俠，祁仙峰的天地刀，集玄日宗開天、闢地兩套刀法之大成，刀法凌厲，刀氣縱橫，即便手持兵器，亦難進入他周身一丈範圍。你若肉掌對敵，難保有失，還是出劍吧。」

祁仙峰氣灌刀身，也不見他抖手耍刀，四周竟然就颳起勁風。圍觀群眾發現厲害，一時不再起鬨，前排的人默默後退，騰出更大的空地。

朱有珪道：「莊大俠一言九鼎，說好了只用朝陽神掌，不會使劍的。」

莊森解下腰間長劍，走到龍蛇樓門口，將劍交給上官明月，低聲道：「朱全忠暗地發兵，此刻已有上萬兵馬聚在仙道谷外。我得知消息，連夜趕來仙寨報信，可惜還是來遲了。」

上官明月和黃皓一聽，大急，問道：「那怎麼辦？」

莊森說：「我讓關師弟催動仙道谷的迷魂陣，他們暫時進不來。爲防意外，還請黃寨主調度安排。」

黃皓連忙揮手叫人。

後面祁仙峰喝道：「放把劍搞那麼久，是怕了還是交代後事？」

莊森轉身道：「這就來了。」

祁仙峰一聲長嘯，舞動雙刀，奔向莊森。沿路群眾紛紛尖叫，不少人的衣衫都被刀氣給刮出口子，還有人皮膚見血，所幸傷得不深。如此霸道的刀法，世間難得幾回見，眾人連忙後退，許多站在後面的人冷不防給擠倒了，被人踩得唉唉亂叫。莊森一看厲害，運勁全身，以氣護體，施展朝陽神掌迎上前去。

祁仙峰想要教訓莊森，打定主意速戰速決，是以一上來就運起十成功力，把天地刀法施展得淋漓盡致。他的天地刀法共有風雨雷電四大套路，快如風、綿如雨、聲如雷、猛如電，四套連續施展，能將內力催運至最高境界。莊森腳踏神奇步法，手裡來來去去便是朝陽神掌密不透風的守招「彩雲片片」；在招招致命的天地刀法間穿梭縱躍，始終沒讓雙刀劃出任何傷口。那祁仙峰乃是眞有本事的高手，內外功皆臻化境，比陳許二人高出一籌。加上兩把鋒利單刀，在場除莊森外，只怕眞沒人能近他的身。倘若莊森使劍，便能透過兵器交擊，擾亂對手內勁，十招之內擊落雙刀。但此刻肉掌對敵，稍有不愼，便是斷掌殺身之禍。

祁仙峰自從神功大成，向來殺人不用第二刀，哪裡試過砍了幾十刀還碰不到對手衣衫的？他越打越心急，眼看自己四路天地刀法即將打完，莊森不但只用玄日宗最粗淺的入門掌法應對，看起來還都只是同一招掌法的不同變化，直打得他心浮氣躁，只想：「這怎麼可能呢？這怎麼可能呢？這這這……怎麼可能呢？」

祁仙峰縱身迴旋，化作旋風，端得是只見刀光不見人。儘管眾人看他不順眼，還是忍不住為他喝采。此招乃是總結風雨雷電四大套路的大絕招，喚作「天地不仁」，一經施展，萬物都要化爲芻狗，任其宰割。此招之中，包了整套刀法的七十二招，轉眼間將其周身一丈範圍的石板地，砍得滿是刀痕。莊森遊鬥許久，依稀看破對方出手規律，一見此招，叫了聲「好」，踏步迎上前去，轉守爲攻，使出一招「畢露鋒芒」，看準意想不到的時機，出手奪刀。就聽見啪啪兩聲，雙刀易主。莊森凌空後翻，輕巧落地。

祁仙峰持續揮砍，片刻後才停止動作。他愣愣看著自己空蕩蕩的雙手，神情茫然，彷彿不懂或不敢相信出了什麼事。他目光上揚，盯著莊森手中的雙刀，表情中透露絕望。「莊……莊大俠……神功無敵，不愧是天下第一高手。」

莊森搖頭道：「天下第一，可不敢當。當今世上武功比在下高強的人，還是有的，只是他們不會平白無故跑來教訓在下。」

「老……在……我……」祁仙峰惶恐，竟不知該如何自稱。他垂頭喪氣：「小人坐井觀天，實乃井底之蛙。大俠武功深不可測，在下敗得心服口服。」他突然跪倒，低頭露出後頸，續道：「請莊大俠取我首級。」

莊森吃了一驚：「勝敗乃兵家常事。我兩無冤無仇，取什麼首級呀？」

祁仙峰道：「在下下山半年，爲求揚名，在梁王面前殺了不少人。莊大俠今日殺我，可謂是爲民除害。」

「就打架輸了嘛，何必要死要活？」莊森側頭瞧他片刻，提步來到他身前。「祁大爺，請起來說話。」

祁仙峰緩緩起身，但始終低著頭，不敢直視莊森。莊森提起雙刀，運勁互砍，就聽噹噹兩下，刀身落地，祁仙峰的兩把刀都只剩下半把。莊森將兩把斷刀還給祁仙峰，說道：「祁大爺武功太強，戾氣太重，兵刃還是短些好。」

「莊大俠教訓得是。」

莊森繼續說：「我輩學武之人，本比一般百姓強大。若是恃強而驕，仗勢欺人，你功夫越高，就越讓人瞧不起。所謂人外有人，天外有天。你功夫再高，也永遠不會是最高的那個。如此教訓，祁大爺今日可學到了？」

「學到了。學到了。」

莊森拍拍祁仙峰肩膀，彷彿長輩教訓晚輩般地說：「功夫只是工具，看人怎麼用。天下不日大亂，祁大爺不如用你的功夫做點好事吧。」

祁仙峰點頭，哽咽無語，彷彿看見玄黃天尊再世，而自己又化身成為從前那個虛心求道的凡人。之後，他默默退回人群中。

莊森轉向朱有珪，只見他在一眾家丁掩護下溜開了幾步，隨即又被圍觀群眾給擠了回來。朱有珪尷尬笑道：「哎呀。莊大俠說得好哇。勝敗乃兵家常事。咱們無冤無仇，取什麼首級呢，是吧？」

莊森點頭：「朱將軍，進來說話。」

第二十章　後話

莊森會同黃皓等人，押著朱有珪入龍蛇樓，上二樓言心閣。龍蛇樓掌櫃不經吩咐，命人送上佳餚，擺開筵席。眾人分賓主坐下。朱有珪瞧著滿桌熱騰騰的美食，只覺得是死前最後一餐「斷頭飯」，實在沒有胃口。

黃皓奉承道：「莊大俠神功無敵，真讓全仙寨的人都開了眼界。」

莊森嘆道：「神功是單打獨鬥時威風，遇上千軍萬馬，也是想辦法保命罷了。」他坐在朱有珪身邊，幫他斟了杯酒，見朱有珪不喝，他也不多勸，問道：「朱將軍，你父王稱帝便稱帝，爲何要舉兵攻打無道仙寨？」

朱有珪氣燄全消，嘆氣道：「無道仙寨是黃巢餘黨聚集處。當今天下節度使勢力範圍，自黃巢平定後已大致底定。二十餘年來，節度使互爭地盤，誰也平不了天下。我爹稱帝之後，各方節度使自然也會自立爲王。大唐王朝就此分裂成十幾個小國，那也算是熱熱鬧鬧，重現春秋戰國盛世。只不過，我爹想當天下共主，自然得幹點李克用、王建他們幹不成的事。所謂柿子挑軟的吃，我爹思前想後，決定剷除黃巢餘孽。」

莊森又問：「欲峰山倘若好打，二十年前就打下來了。他不會只派這點兵馬來吧？」

朱有珪搖頭：「黃皓眼線甚多，發兵務求隱密。此刻山下的只是先鋒部隊，陸續會有十萬兵馬集結而來。」

桌上眾人兩兩互看，面露憂色。

黃皓問：「他既然派了兵，又叫你來幹嘛？」

朱有珪瞪了他一眼，無奈道：「我本來只是率領高手來當內應。欲峰山有天險，易守難攻，有人混在裡面總是好的。」

黃皓揚眉：「所以，賭人頭是你自己要賭的？」

朱有珪苦笑：「你們的神功大賽，實在不怎麼樣，只有毛眞是貨眞價實的高手。毛眞一死，祁仙峰那廢物便跟我拍胸脯保證，他們可以力壓群雄。我想機不可失，便跟你賭人頭。要是能夠不損一兵一卒就帶你的人頭回去，我那大梁太子的王位不就穩了嗎？」他轉向莊森，神情凶狠怨懟，但又無可奈何。「可惜半途殺出個程咬金。想我朱有珪，生爲營妓之子，本就不該妄想什麼王位。」

黃皓問：「我若以你爲脅，你爹可會放棄攻打仙寨？」

朱有珪搖頭：「不可能。就說了，我是營妓之子。小時候，我爹還很喜歡我。長大了，兄弟多了，父王又收了一群義子，大家只能想辦法搶功勞。我這次鬧得灰頭土臉，沒機會再得寵了。」

黃皓皺眉，沒有主意，轉而望向莊森。莊森朝上官明月和神功客使了個眼色，說道：「兩位請出來說話。」

三人走出言心閣，關上閣門，莊森小聲道：「五師叔，你怎麼會在這裡？」

梁棧生一驚：「我戴了面具，你都認得出來？」

莊森點頭：「你化成灰我都認得。」

「你這麼說話，好開心嗎？」

「是呀。」

梁棧生拉下面具透氣，說道：「別管我來幹嘛了，你想怎麼做？」

莊森說：「我想透露黃巢寶藏的事。」

梁棧生揚眉：「你要把寶藏給朱全忠？」

莊森搖頭：「只是讓朱全忠知道玄日宗有這筆錢。當年大師伯吩咐，這筆錢要等天下太平之後，才能拿出來建設民生，戰亂時只會淪爲軍費。」

當年黃巢作亂，殺人八百萬，血流三千里，搜刮了大批金銀珠寶，命人擇地埋藏。這筆錢最後落入上代玄日七俠手中，除了一小部分用以重建戰亂後的玄日宗，剩下數百萬兩黃金，都還埋在地下，等人帶藏寶圖來尋。此事只有得知《左道書》祕密的玄日宗首腦人物知情，就連上官明月也不該聽聞過。不過，上官明月當年牽扯獵人案時，曾到過藏寶處，自其師趙遠志口中得知寶藏祕密。爲了隱瞞趙遠志尚在人間的事實，上官明月不曾回報此事。她裝傻充愣，假裝是第一次聽說黃巢寶藏之事，問道：「什麼寶藏？」

「晚點再跟妳說。」

三人返回言心閣，莊森對朱有珪道：「朱將軍，我莊森雖然武功高強，等閒不會取人性命。將軍的人頭，暫時寄在你的腦袋上。還請將軍帶個話給你父王。」

朱有珪死裡逃生，忙點頭道：「莊大俠請說。」

「首先幫我恭喜你父王。」莊森說。「天下百姓猜想梁王謀朝篡位猜了許多年，儘管如今結果不是大家所樂見，畢竟也開創了一番新局面。期盼大梁皇帝勤政愛民，讓老百姓有好日子過。其次，無道仙寨雖是黃巢殘兵所建，但大家都是來此避禍過日子的，二十年來已經成爲一座繁華山城。大家吃得飽飯，沒人想造反的。大梁建國之初，實在沒必要爲了陳年舊怨興兵戰禍。望皇上大發善心，即刻退兵。」

朱有珪面露難色：「父王不會因爲莊大俠一句話就退兵的。」

莊森點頭，繼續道：「玄日宗有一批寶藏，價値不斐。我大師伯過世前交代，要將寶藏獻給統一天下的共主，用以建設民生，使百姓安居樂業。只要大梁皇帝能夠統一天下，我莊森親自把錢送去開封，絕不食言。」

朱有珪道：「我會把話帶到。至於父王退不退兵，只怕不是我能左右。」

莊森抱拳行禮：「有勞將軍費心勸說了。」

□

朱全忠在位六年，曾大興農業，力圖振作。後因連年戰亂，搞到民不聊生，又私心猜忌，喜怒無常，最後朱有珪爲求自保，入宮弒父，奪取王位。後梁自開國至滅亡，歷經三帝，不過短短十六年，遠比隋朝短。

李克用之子李存勗滅梁，建立後唐。其後後晉、後漢、後周享國都比後梁更短，加上南方十國，七十餘年間紛紛擾擾，始終沒有一人能統一天下。玄日宗所私藏的黃巢寶藏，經歷三代掌門交接，一直沒有機會重見天日。

陳橋兵變，黃袍加身，趙匡胤殲滅南唐，統一天下，建立宋朝。一日，玄日宗掌門莊森以過百高齡，孤身來到開封求見皇上。他對趙匡胤說道：「草民有一批黃金，想要獻給皇上。望皇上仁義爲懷，心繫百姓，讓天下蒼生能夠安安穩穩地過一段好日子。」

自黃巢之亂開啓唐朝滅亡之局，經歷上百年的動亂，百姓終於過上了幾十年好日子。

《左道書》全系列完

後記

最早的《左道書》，是我於二〇一二年參加「第八屆溫世仁武俠小說大獎」的作品。當時是單篇完結的長篇武俠小說，約莫二十萬字左右。其後經歷各方投稿、與出版社討論、故事重寫，終於在二〇一九年出版《左道書》三部曲。接著是一年一本的速度，出版了五本以「案」爲名的單篇故事，從《馬球案》到《神功案》，終於走到完結。《神功案》的末尾段落，基本上是初版《左道書》的結尾。老實講，我本來沒想過會把十二年前的段落拿回來用，不過它確實適合爲這整段旅程收尾。

一轉眼，我寫武俠小說竟已經超過十年。這些年來，感謝喜愛武俠小說的朋友支持與陪伴。可惜我沒能成功復興武俠。只希望《左道書》的故事有在大家心裡掀起一些漣漪。

武俠不死，武俠萬歲。

戚建邦

二〇二四年七月一日

國家圖書館出版品預行編目資料

神功案/戚建邦著. -- 初版. -- 臺北市：蓋亞文化有限公司, 2024.12
面；　公分
ISBN 978-626-384-153-6(平裝)

863.57　　113018738

神功案

作　　者　戚建邦
封面插畫　林庭仰
封面裝幀　莊謹銘
總 編 輯　沈育如
發 行 人　陳常智
出 版 社　蓋亞文化有限公司
地址：台北市103大同區承德路二段75巷35號
電話：02-2558-5438　　傳眞：02-2558-5439
電子信箱：gaea@gaeabooks.com.tw
投稿信箱：editor@gaeabooks.com.tw
郵撥帳號 19769541　戶名：蓋亞文化有限公司
法律顧問　宇達經貿法律事務所
總 經 銷　聯合發行股份有限公司
地址：新北市新店區寶橋路二三五巷六弄六號二樓
電話：02-2917-8022　　傳眞：02-2915-6275
港澳地區　一代匯集
地址：九龍旺角塘尾道64號龍駒企業大廈10樓B&D室
電話：+852-2783-8102　　傳眞：+852-2396-0050
初版一刷　2024年12月
定　　價　新台幣320元
Published and printed in Taiwan

ISBN / 978-626-384-153-6

八百擊

好故事，一擊入魂！

好故事，一擊入魂！

八百擊